星影のステラ

林 真理子

角川文庫
23985

目次

星影のステラ

1

彼女の話をはじめると、たいていの人はこう言うのだ。

「とてもおもしろいつくり話だね」

今でもあたしが多少嘘《うそ》つきなところがあるのは認めるし、その話は確かにドラマティックすぎるきらいがある。けれども、なぜあたしがその女の子と一緒に暮らすようになったか、なぜ彼女にそんなに魅《ひ》かれていったのか、最後まで聞いてくれる人は誰《だれ》もいない。もし聞いてくれたならば、きっとこう叫んだに違いないのに。

「そうか、それですべてがわかった。君の話は本当にあったことなんだね」

でもそんな人があらわれたら、やっぱりあたしは困ってしまう。彼女とのことは一晩中かかっても話しきれるはずはないし、それにその時あたしはすべてを話さなくてはならなくなるはずだから。

あたしの生まれた時までさかのぼって、あたしが初めて仕事をした日のこと、初めて男と寝た日のことまで、なにひとつ隠さず話さなくてはならない。それはとても恥ずかしい、いろいろなことがらで満ちている。だからあたしは、ほんのさわりしか人に言わない。

「それでとっても不思議な女の子だったんだけれど、そのまま消えてしまったの」

それでおわりだ。

それでもなお、あたしの話を聞きたがり、

「もっと話してくれ、もっと君のことを知りたいんだ」

といってくれた人は、やっぱり誰ひとりいなかった。

だからステラとのことは、いつまでもあたしの、ちょっと人の気をひくためにする、軽いつくり話で終るのだ。

2

「私のことをステラって呼んでね」

初めて会った日、彼女はこう言った。

「ジャズマンたちは、たいてい私のことをステラって呼ぶんだ。〃ステラ・バイ・スターライト〟って曲が私は大好きなんだ。店に行くと、私のためにたいていこの曲を最後にやってくれるんだよね」

のっけから彼女は、いかにもつくり話の主役にふさわしい登場の仕方をしてきた。二十歳だったあたしはしげしげと彼女を見つめ、その瞬間から熱烈な観客の役を果たすことになる。そんなあだ名を持つ女や、〝スターライト〟などという言葉に、あたしは初めて出会ったのだ。

「あたしもジャズが好きよ。時々レコードを聞くわ」

あたしはおずおずと言った。

「ふうーん、誰が好きなの」

彼女の声は非常に低くて、喉《のど》の奥から投げやりに出すような感じがあった。それは彼女が先ほどから絶えまなく吸っているハイライトのせいらしい。それをはさんでいる彼女のマニキュアは暗い紫色だ。あたしは幼い頃《ころ》読んだ魔女の絵本を思い出した。強い煙草《たばこ》や濃《こ》い爪《つめ》の色は、彼女とふつうの女たちとの間にかっきりと境界線をひいていて、それは、その時あたしがいちばん憧《あこが》れていたものだった。つまりあたしは、彼女に〝ひとめ惚《ぼ》れ〟をしてしまったのだ。

そんな相手に気に入られようとする時、小さな嘘をつくのは、その頃から始まったあたしの癖《くせ》だった。本当のことを言えば、あたしはそれまで一枚もジャズのレコードなど持っていなかったのだ。あたしはかろうじて、それらしい人物の名と曲を思いうかべた。

「ジャニス・ジョップリンの〝サマータイム〟なんか好きだわ」

「あの人はジャズじゃないでしょう。ロックを歌ってたのよ」

あたしは赤くなった。

「でもジャズを聞いたりするのは好きなの。本当よ」

「わかった」

彼女はそんなことはどうでもいいと言いたげに、煙草をポケットにつっ込んだ。

「今度どこかの店へ連れてってあげるよ、私の友だちが出演してる時にさ」

その言葉にあたしは、顔を輝かせた。彼女があたしをどうやら気に入ってくれたらしいということが、あたしを有頂天《うちょうてん》にさせた。

「じゃ、今度あなたのところへ電話するから」

そう言いながら、彼女はもう立ち上がっていた。

彼女は不思議な服を身につけていて、それはベトナムの女たちが着るアオザイのようだった。黒く長いブラウスは、彼女のひどく直線的な動きにさからって、優雅な曲線を描いて揺れた。

「イッセイを着てんのよ。あの子はイッセイの大ファンなのよ」

喫茶店の女主人である葉子《ようこ》が、彼女のコーヒー茶碗《ぢゃわん》を片づけながらいった。

「イッセイって三宅一生《みやけいっせい》？」

当時はまだ、彼のブランドを身につけるのは、一部のごく限られた流行の先端を行く女たちだけだった。

「そうよ、あの子はイッセイの話をし出すと一日中とまらなくなるのよ。彼は神様とおんなじなんだから」

葉子はそういいながら、自分のものらしい大ぶりのモーニングカップにコーヒーをついで、あたしの隣りに腰かけた。客はあたしひとりだけだった。

「どう、なかなか素敵《すてき》な子でしょう」

「うん、あたしあんな人見たことない」

あたしはその頃、小さなデザイン会社に勤めるデザイナーだった。それを知っていた葉子は、前々からステラという女をあたしに紹介すると言い続けていたのだった。

「とってもセンスがいいスタイリストがいるんだけど、いま前のおつとめをやめて困っているの。富美子《ふみこ》ちゃん、なんかいい仕事があったら紹介してあげてくれない」

「わかった。うちの会社はきまった人がいるからダメだと思うけど、知り合いに聞いてみるわ」

あたしはゆるく足を組み、煙草の煙を軽くはきながら言ったものだ。煙草はやっとなんとかサマになってきていた。ひとりアパートにいる時はそんなに吸わないくせに、葉子の店に来る時は必ずセブンスターの箱を持ってきていた。

参宮橋《さんぐうばし》の駅前にあるこの店は、劇団四季も近いこともあって、ちょっとあかぬけた連中が出入りするのが特徴だった。事実カウンターの中でアルバイトをしている男の子も、以前「アプローズ」に出たことがあるというダンサーだ。あたしは以前、葉子が留守の時に、彼に足を上げてくれないかと言ったことがある。彼はちょっとはにかみながら、軽く勢いをつけて、右足を高々と上げた。それは一本のやわらかい棒のようになって、彼の右耳にふれるほどまでに近づいた。

「わー、すごい」

あたしはおどけて軽く拍手した。そしてなぜか、このことを葉子に知られてはいけないような気がしたのだった。

葉子は彼を含《ふく》めて、彼女の店の中にあるものをすべて吟味していた。文化学院の絵画科を出たという彼女は、自分でも小さなアクセサリーをつくっており、店の飾り窓には彫金の指輪などがさりげなく置かれている。あたしには、それが葉子がはずしてそのまま置き忘れた彼女自身の持ち物のような気がして、一度も手にとる気にはならなかった。ガラスの瓶《びん》に投げ込まれた鉄砲百合《ゆり》だとか、エッチングの絵。それは確かに彼女の趣味のよさだったけれども、同時に彼女の拒否だった。

「ダサい客には入ってきてもらいたくないわ」

よく彼女はいっていたものだ。

事実、客は常連ばかりで、オリンピックセンターへ向かう通りすがりの学生などは、まず入ってこない。

彼女は誰かれとなく、客同士を紹介するのが好きだった。

「こちら、デザイナーの富美子ちゃん」

あたしはいつもゆっくりと頭を下げる。この店では、あたしのような職業をもっていることが常連の条件だった。

モデル、音楽アレンジャー、シナリオライター、スタイリストといわれる人たちを、あたしは彼女から何人紹介してもらっただろうか。その中にひとりとして有名な者はいなかった。みんな昼間からたいしてうまくないコーヒーで、一、二時間もねばるような連中ばかりだ。そして葉子はその中の誰かと、いつもひそひそと男のグチをこぼしていた。常連の中でもある程度以上のランクになると、彼女から男の相談をうけるのだ。

もちろん、あたしはそんな扱いをうけたことがない。窓ぎわの席に座り、十本もセブンスターをふかした頃に、やっと葉子はあたしに近づいてきてくれる。

「どうお、この頃忙しいの」

「うん、ちょっとキャンペーンに入っていたから忙しかったの」

キャンペーンだって。あたしはひとり笑った。あたしはその頃、毎日チラシをつくっていたのだ。「秋の大感謝祭」、「有名メーカー協賛まつり」。ある中堅どころのスーパーの、週に一度新聞の中に折り込まれるチラシをつくるのがあたしの仕事だった。つくるといっても、絵柄をきめたり、撮影を指示したりするのは、もっと上のデザイナーの役目だ。あたしはどちらかというとフィニッシュ・マンに近い。でき上がった写植の文字をレイアウト用紙に貼《は》りつけて、そのまま印刷所に渡せるようにする。はっきりいえば、デザイナーの中でも最も身分が低いポジションだ。あたしは、まだ若かったし、その会社に入ってから日も浅かった。だから当然のようにその役目はあたしにまわってきたのだった。

「こういう基礎を積んでおくと、本当に実力あるデザイナーになれるんだよ」

チーフはよくそういって、あたしの肩をたたいた。そんな時、あたしは彼を軽蔑《けいべつ》したものだ。昼食を安くあげるために毎日弁当を持って来る彼。そのくせ夜は必ず青山あたりの気取った店に飲みに行く。「㈱アワーアート・アートディレクター」という紙くずみたいな名刺を持って。

「ふん、あたしなんかあんたが出会ったこともないようなデザイナーたちと仕事をしてきたんだから。そこの会社の人は、あんたなんかとはぜんぜん違う、一流のデザイナーばっかりだったんだから」

そんなことまで思ってしまう。

面接の時、作品を見せ、以前勤めていたプロダクションの名前を上げたあたしに、なぜ彼らが、

「本当にうちの会社でいいんですね」

と念をおしたか、二か月たってやっとあたしにもわかってきていた。

葉子のいいところは、決して仕事のことをしつこく聞いたりしないことだ。彼女が華《はな》やかだと思っている職業についていさえすれば、彼女は気軽に自分の店へのパスポートを発行した。

それが彼女の思いやりだとはあたしは思わない。なぜなら、彼女はあたしのことを

そんなに知らなかったし、また興味も持っていなかったのだ。その頃の葉子は、四年ごしの劇作家と別れるべきかどうか、それしか頭になかったはずだ。三十歳をちょっとすぎていた彼女は、若い頃一度離婚したことがあると、自分の口から言ったことがある。そのことはかえって自分の大きな魅力のひとつであると彼女は信じていたようだし、事実そのとおりだった。

男から電話があったからといって、店を早仕舞いする彼女をあたしは何度も見ている。そんな時の葉子は、ごく日本的な細面の顔を紅潮させて少女のようにはしゃいでいた。そんな彼女をあたしはきれいだな、と思ったりもした。

ともあれ、あたしは葉子に嫌《きら》われたくなかった。

「じゃ、ステラのことはまかせておいて。なんとかしてみるから」

と店を出て行く時も忘れずに言った。葉子のために骨を折るということが、彼女をいちばん喜ばせることだということを、すでにあたしはよく知っていた。

次の日は水曜日だった。雨が降っているのか、降っていないのかわからないような朝だったから、あたしは昼近くまで眠り込んでしまった。

一本の電話で目が覚めた。

「私、おぼえているかな。――だけれど」

そのかすれた声に確かに憶《おぼ》えがあったものの、彼女とすぐに結びつけることはできなかった。なぜなら、彼女の本名などあたしは全く忘れていたのだ。

「私、ステラよ。きのう葉子さんの店で紹介してもらった」

「あっ、ステラね」

あたしは信じられなかった。互いに番号を教え、「いつかかけるわ」と約束し合って、向こうからかかってくることなどあたしの場合めったになかったのだ。

「あなた、今日ひまなの。会社にも電話したんだけど」

受話器を通して聞く彼女の声は、いかにも不機嫌そうで、しかも聞きとりにくい。一回でも断ったりすれば、永遠に誘ってくれないような傲慢《ごうまん》さがあった。だからあたしはすぐさま叫んだのだ。

「ひまよ、ずうっと、ずうっとひまよ」

「そう」

彼女は別に嬉《うれ》しくもなさそうに、軽く受話器の向こうで息をついだ。

「今日ね、私の友だちが新宿で歌うんだよね。よかったら一緒に行かないかと思って」

「行くわ、絶対に行くわ」

「じゃ、六時に新宿の〝DAN〟に来てちょうだい」

あたしは途方にくれた。

「あの……〝ダン〟っていうの、どこにあるの」

「紀伊國屋の裏。探せばすぐにわかるはずだよ。じゃ、遅れないようにしてちょうだい」

電話は返事を待たずに切られた。

あたしはしばらく受話器を握りしめていた。新宿はおろか、東京の街というのをよく知らなかったのだ。原宿にある専門学校に通っていた時も、あたしは出歩かないので有名だった。あたしと同じように地方から出てきた友人たちが、たちまちのうちに地下鉄の路線を憶え、気に入りの店でその地図を塗りつぶしていくのを、あたしはいつも横目で見ていたものだ。だから上京して三年になるというのに、自分の住む街と、会社のある渋谷しか知らなかった。

「ねえ、〝DAN〟っていう店知ってる?」

午後から出社したあたしは、隣りの席にいる今日子《きょうこ》に声をかけた。彼女もあたしと同じように下っ端のデザイナーで、

「ああ、私、夕べは飲みすぎちゃったわ」

というのが口癖だ。

東京生まれで、美大卒の彼女は一度も「飲みすぎる」席に誘ってくれたことがない。けれどもその時は機嫌《きげん》がよかったのか、〞DAN〟までの道をていねいな地図にしてくれた。

「右に曲がって三軒目の店よ。あ、私の彼のボトルが入っているから飲みなさいよ」

「ありがと」

と言ったものの、あたしは今日子の彼の名前など知りはしないのだ。彼女は三か月ごとに男を変えたので、一度は名前を憶えても二度目は口にするのがタブーになることが多いのだ。

それでも今日子の地図の書き方はうまく、〞DAN〟という店はすぐに見つかった。その店は地下室にあって、ドアを開けるやいなやジャズのピアノ曲が顔におおいかぶさってきた。れんがづくりの、倉庫のような店だ。ステラの姿はすぐに見つけることができた。

最初に会った時と同じような濃いめの化粧が闇《やみ》の中に浮き出てみえる。アイシャドーも、口紅も、あたしが今まで一度も見たことがないような色だ。大きな目にさらに太いアイラインを入れ、少し厚めの唇をさらに強調するような暗いパープルをひいていた。

しかし、それは不思議にどぎついという感じはしなかった。それよりもむしろ、ステラを異国の女のように見せていた。

「こういうのを個性的っていうんだわ」

あたしは納得した。そして後で彼女からその化粧法を教わろうと思ったほどだ。なぜなら、その頃のあたしはせいぜい白粉《おしろい》と口紅をつけるぐらいだったのに、よく人から化粧がへただと言われ続けていたのである。

「ごめんね、待った？　会社終ってすぐに来たんだけど遅くなっちゃって……」

あたしは席に座るやいなや言った。その時はまだ六時十五分前だった。そしてそれが、あたしが彼女にあやまった何百回のうちの最初の一回だった。

「いいよ、別に」

彼女の前のテーブルには、あいかわらずハイライトと缶ビールが置かれていた。どちらも飲みかけだった。髭をはやした男が湯気のたったピザを運んで来た。

「あなたもなにか飲みなさいよ」

彼女は言った。紫色のスタンドカラーのブラウスを着ていた。それは非常に奇妙なかたちをしていた。いくつものタックが、流れるように胸についているのだ。よく見るとその色は、彼女の濃く塗られた口紅とよく似ている。山ぶどう色とでも言うのだろうか。その後、黒色とともにステラが最も好んで身に着けた色だった。

「私、すごくお腹《なか》が空《す》いているんだよね。ピザを取ったんだけれど食べるわよ」

「どうぞ、どうぞ。あたしもあなたと同じビールにするわ」

あたしは必要以上に微笑していた。そのあたしと全く対照的に、彼女は無表情に咀《そ》嚼《しゃく》を続けている。ひとつピザの固まりを飲み込むたびに、山ぶどう色はますます濡《ぬ》れて濃くなっていくようだ。それなのに彼女は、本当にただ空腹で、仕方なく食べ物を口にしているというふうだった。あたしはそれからいろいろな人に会ったけれど、あれほど食べ物をまずそうに食べる人間に会ったことがない。

「あなたも食べたら」

彼女はやっとあたしに気づいたように言った。ピザはあと二切れしかない。湯気はとうに消えていた。

「いらないわ、おなかがいっぱいなの」

もし彼女が最初の段階でピザをすすめてくれたら、あたしはきっと喜んで食べただろう。しかし、なぜか子どもじみた感情で、あたしはついにピザを手にとろうとしなかったのだ。

「そう、じゃ私が食べる」

彼女は例の低い声で平然といい、残りの二切れを続けて口にした。山ぶどうは、オイルでますますヌラヌラし、まさしく本物の果実のようになっていた。

あたしはしばらくの間、それを見ていた。

あたしは幼なじみの圭子《けいこ》のことを思い出していた。彼女が上京してきた時、あたしはずいぶん邪慳《じゃけん》に扱ったのだ。

「フミちゃん、私、六本木に行きたいよぉ」

圭子は言った。

「あたしだって行ったことがないんだから、案内できないわよ。それにあそこは女の子だけで行くとおっかないんだから……」

精いっぱいおしゃれをしてきたに違いない、ワンピース姿の圭子。その時の彼女が、あたしにはうっとうしかった。やっと忘れかけていたものを、ただの友だちということだけで押しつけられたような気がしたのだ。けれどもいまは違う。目の前にいる女は、いかにも流行の〝先頭〟を切って歩いている女だ。あたしはそういう人たちに会うといつもどぎまぎし、赤くなって目を伏せたものだが、ステラはまるで友だちのようにあたしに接してくれる。あたしはうっとりと、彼女の短く刈り込んだ髪を見つめた。

「そろそろ出ようか。友だちが出るのは、ここじゃなくて、ちゃんとしたライブハウスなんだよね」

食べ終って彼女は言った。

「あ、あ、そう」

あたしははじかれたように立ち上がり、同時に伝票もつかんでいた。

「あ、あたし、ごちそうするわ。遅れたおわびに」

くどいようだけれど、あたしは全く時間には遅れていなかったのだ。けれども、そうせずにはいられなかった。ステラのような人が、あたしと一緒にビールを飲んだ。そのことがひどくあたしを幸せな気分にさせたのである。

ビール二本と、ピザ一皿の値段は二千四百円だった。それはあたしが時々行くスナックの値段よりはるかに高かった。あのジャズの音楽が、それほどの価値があるものかどうかはあたしにはわからない。ただ、〝雰囲気《ふんいき》〟というものが、それだけで値段がつくということを知った最初の日であった。

「ごちそうさま」

とステラは言った。それだけですっかりあたしは感動してしまった。

なぜなら、彼女はかすかに笑ったからである。笑うと、驚くほど白い歯がこぼれて彼女を少女のような顔にした。

彼女の歩く足取りは早かった。通りを歌舞伎町《かぶきちょう》の方へつっ切る時も、ステラはまるで走るように歩く。その時気づいたのだが、着ている紫色の洋服には、揃《そろ》いのパンツがついていて、まるで東南アジアの服のようだ。それに濃いメイキャップ。ステラの姿は新宿の雑踏の中でも、いやおうなしに目立っていた。

その紫を追って、あたしも必死に歩いた。横断歩道で向こう側から来る人たちにもみくちゃにされながら、銀行の前でやっと彼女に追いついた。

ステラは不意に振りかえって、あたしを見た。

「あなたって——」

彼女は低い声で言った。

「どうして歩くのがそんなに遅いの」

「ごめんなさい」

「あやまらなくたって別にいいよ。だけどもっと胸をはって歩きなよ。私、でれでれ歩く人ってあんまり好きじゃないんだよね」

あたしは目を伏せた。これで彼女にすっかり嫌われたと思ったのである。しばらくあたしたち二人は、無言のままで歌舞伎町を歩いた。「胸を張り」、彼女に遅れまいとしたおかげで、春だというのにあたしはうっすらと汗をうかべていた。

「ここだよ」

彼女は言った。

ひっそりとしたビルの一階には、「カーニバル」というネオンサインが見える。ここがあたしが初めて行く、ジャズのライブハウスというものなのだ。

小さな建物だったのに、その地下は意外に広かった。いくつかのテーブルに囲まれるようにして、一台のピアノと一人の女がいる。女は総ラメのドレスを着ており、もうそれほど若くない。

「メグちゃん」

とステラはつぶやいて小さく手を振った。

すると驚いたことに、その女もニッコリ微笑《ほほえ》んで、親しげに手を振ってかえしたのである。

あたしは最初に会った時、ステラが言った、「私はジャズマンたちと、みんな友だちなの」という言葉を思い出した。

「メグちゃんたら、珍しくエラなんか歌ってる」

とステラは席につきながら、誰に言うでもなく片頰《かたほお》で笑った。

「エラってなあに」

とあたしは尋ねようとしたのだが、やはりやめた。あまりにも幼稚な質問をして、彼女に片頬で笑われるのが嫌だったのである。これは後で気づいたことであるが、彼女はニッコリ笑うと両方の頬にエクボができた。それを彼女自身は気に入っていなかったような節がある。だからいつも、唇をゆがめる笑いしかしなかったのだ。

そもそも、彼女が笑ったのをあたしはあまり見たことがない。

「なにを飲む」

「カンパリ・ソーダ」

あたしは答えた。その飲み物をあたしは今まで二、三回しか飲んだことがない。しかし、いかにもしゃれたその名前を口にすることによって、あたしはかろうじてこの空気の中に紛れ込もうとした。

「そ、私はバーボンのロックにする」

ステラは言いながらも、まだメニューを離そうとはしなかった。

「それからスモークサーモンをちょうだい。ケッパーをたっぷりつけてね」

メグちゃん、とステラが呼んだ女の歌はまだ続いている。曲と曲との合い間に女がなにか喋《しゃべ》ると、客たちはどっと笑う。あたしとあまり年齢の違わない客も多いのに、笑いさざめく彼らはあたしとはあまりにも遠いところにあった。だからあたしはこういう場所が大嫌いだったのだ。けれど、その日のあたしの傍にはステラがいた。ピアノの横で歌っている女と親しげに挨拶《あいさつ》する人間と、あたしは友だちなのだ。

　こんなふうな場所で、優越感をもつなどというのは、あたしにとって初めての体験であった。

　おまけに何曲か歌い終った後、女はごく自然にあたしたちのテーブルに近づいてきた。

「ステラ、元気そうじゃない」

　女は言った。

「メグちゃんだって」

「座ってもいいかしら」

　近くで見ると女は、ライトの下で歌っている時よりもはるかにふけて見えた。太目のアイラインが、実にたくみに描かれている。

「こっちは友だちのフミコちゃん。ジャズが好きなんだって」

　ステラがそう紹介してくれた時、あたしは涙が出るほど嬉しかった。歌手をテーブルに招くなどという華やかな席で、彼女はあたしのことを「友だち」と言ってくれたのである。

しかし、ステラと女はすぐに二人だけの話に夢中になった。

「どう、最近『スウィンガー』の方には行ってんの？」

「行ってない。キー坊たちが出てないんだもん」

「ああ、キー坊ならねえ、最近六本木よ。あの人もいろいろと大変なのよ。あそこのベースの男の子、あ、マサキちゃん憶えてるでしょ」

「もちろんよ、昔はしょっちゅう飲んでたんだよね。キー坊のとこやめたんでしょ」

「そうなのよお。そしてマサキちゃんに会ったらね、ステラによろしくって言ってたわよ」

「そう。マサキちゃん元気だった？」

ステラはあきらかにあたしといる時よりもいきいきとしていた。例の山ぶどう色がさかんに動いた。そしてあたしは、彼女をそんな表情にさせる人々や音楽というものに、かすかに嫉妬《しっと》していたのだ。

「そろそろ出ようか」

とステラが言い出したのは、メグちゃんの二回目の舞台が終った時だったと思う。いかにものなれたように、彼女はウエイターの男をテーブルによびつけ伝票を持って来させた。そしてそれをひったくるようにとったのは、やっぱりあたしだった。

「いいのよお、今日連れてきてもらったお礼よ」

あたしは言った。ロック一杯とカンパリ・ソーダ、そしてスモークサーモンの値段は八千六百円だった。これはかなりあたしにとって痛い出費だった。なぜなら、その頃のあたしの給料は、残業手当てなどすべてひっくるめて、十万円出るか出ないかだったのである。たった一晩であたしはこれほど金を使ったことはなかった。しかし、たとえ何時間にせよ、初めての体験のために金を使うことはそう惜しくなかった。ただ、もう少しステラがありがたそうな顔をしてくれたら、あたしはもっと嬉しかったはずである。

3

タクシーが参宮橋の駅前に着いた。ホームの蛍光灯が、橋とそれに続く道を浮かびあがらせて、真夜中のその界隈《かいわい》は、まるで舞台装置のようになるのだった。

「あなたの部屋《へや》、行ってみようかなあ」

こう言い出したのはステラである。その時、嬉しさと困惑が奇妙に入り混じってあたしを混乱させた。

「ダメよ。すごく散らかっているのよ。とてもお客さんに見せられる状態じゃないと思うよ」

「だいじょうぶ。ゆかりさんのところもすごく散らかっているから……」

「ゆかりさんって、葉子さんの友だちのデザイナー？」

「そう、あの人、うちでミシン踏んでるのよ。だから布や型紙で足の踏み場もないくらいだね。あ、言い忘れたけど、私ゆかりさんの部屋に今のところ住んでいるんだよね」

「え？　じゃ、自分の部屋はどうしたの」

「私のこと言わなかったっけ？　私ね、前の会社をやめたついでに、マンションもと び出してきちゃったんだよね。そこの会社で借りてくれていた青山のわりといいマンションだったけど、そこに今でも荷物置いてあるよ。今はゆかりさんとこで居候中」

「ふうーん、そうだったの」

ゆかりと葉子というのは親友であった。あたしはやっと、葉子のステラへの入れ込み方を理解した。そして、住むところもなく友人のところにいるという彼女に対して、あたしがかすかな憐憫《れんびん》めいたものを覚えたのも事実なのである。

「じゃあ、ちょっとうちに来てお茶でも飲んで行けば」

あたしの言葉に、ステラは軽くうなずいた。

「どっちでもいいけど……」

そのとたん、あたしはステラをどうしても自分の部屋に招きいれたくてたまらなくなってしまったのだ。

もちろん、それほど自慢できるような部屋ではない。西陽《にしび》のさす六畳の部屋と、二畳のキッチンとトイレ。取り柄と言えば、窓を大きく開けると代々木公園の森が、線路ごしにまるごと見えたことぐらいだ。

そんなアパートでも、こざっぱりと住もうと思えば住めないことはないのに、棚からは雑誌や切り抜いたページがあふれ出し、ヌイグルミや、ちまちまとした小物が床に散乱していた。あたしはどうしても物を捨てることができない性格なのである。他人から見れば、色あせた絵ハガキだったり、首がもぎれかかったコケシだったりしても、誰かにもらったという記憶によって、あたしはそれらをクズ箱に入れたりはしなかった。

そんな部屋に、ステラはやってきた。そして一週間以上も掃除をしたことがないカーペットの上に、静かに座ったのである。

江の島みやげの貝細工、チューリップ模様のカーテン、ギンガムチェックのベッドカバー。その中で、最新流行のイッセイのドレスを着た女は、いかにも不似合いだった。

「いい部屋じゃない」

ステラはつぶやいた。

「エッ、ウソー。みんな言うのよ。センスのかけらもなくて、まるっきりデザイナーの部屋らしくないって」

「いいよ。いかにもそういうところがフミコちゃんらしくって」

そう言いながらステラは、バッグの中からハイライトの箱をとり出した。あたしはあわてて灰皿を出した。ステラは何も言わず、タバコを吸い続けた。

気の早い隣りの女が出した風鈴が、夜風にゆれてリンと鳴った。窓から見える高速道路の車が、たえまなく光の線をつくり続けている。

一本、二本、きっちり同じ長さで消されたハイライトの吸いがら。

なにもかも芝居じみた夜だった。

「ゆかりさんと、どこで知りあったの？」

あたしはやっと口を開いた。このまま黙っているのは、照れくさかったのである。

「ああ、あの人。私が前に勤めていた会社に出入りしていたのよ」

「ほんとお。なんていう会社なの」

「ライト・ゼネレーションよ」

ステラはいかにもめんどくさそうに、有名なファッションメーカーの名前を口にした。

「ええ！　あそこの服ならあたしよく知ってる。高くてめったに買ったことないけど」

「くだらないわよ。あんな服」

ステラは言って、五本目のハイライトをもみ消した。彼女の山ぶどう色はかなり薄れていて、それと同じように吸いがらについた口紅の跡も、うっすらと目をこらさないと見えないほどになっていた。

「あそこの服なんて、ぜんぶ私がデザインしてたんだもの」

「本当！　だってあそこの服は、滝田省三《たきたしょうぞう》のデザインってことになっているじゃない」

「その滝田さんとケンカして、私は会社をとび出したんだよね。あの人、ずるいんだもん。私に企画からスタイリングまで全部させて、それなのにぜんぶ自分のやったことみたいな顔をしていたんだよね」

あたしは息をのんで、ステラの顔を見つめた。あたしが黙ったとたん、彼女は急に饒舌《じょうぜつ》になった。

「滝田さんはいつも言ってたんだよね。お前ぐらい感性が鋭くて、才能のある女はいないって。まあ、あの人の下で仕事するのはそんなに嫌《いや》じゃなかった。本当に嫌になったのは、売れるからっていって、つまんない服をつくらせようとした時よ」

「それで、それで、会社をやめたのね」

「そう」

それから彼女はふっと笑った。

「荷物もほとんど置いてきちゃった。だから着たきりスズメ。イッセイの服も、少し持って来ただけでみんな向こうのマンションなんだよね」

「イッセイが、好きなんだね」

あたしはおそるおそる聞いた。といっても、あたしは彼の服をせいぜい雑誌で見るぐらいだ。ステラがその時着ていた服にしても、あたしにはきばつな民族衣裳《いしょう》にしか見えなかった。

「イッセイは、滝田さんなんかとぜんぜん違うよ。あの人は本当のデザイナーだよ」

ステラの声は急に高くなった。

「私、高校の時からあの人の服しか着ないもの」

「ウソーッ、高校生の時から！」

「そう。高二の時に母親に言われたの。あなたはイッセイが似合うんだから、それしか着ないようにしなさいって」

あたしは再び息を呑《の》んだ。なんだかおとぎ話を聞いているような気がした。そしてあたしは、もっとおとぎ話を詳しく知りたくなったのだ。

「あのー、ステラのうちってどこなの」

「浜松《はままつ》だよ。ホテルを経営してるんだよね」

「エーッ、じゃあお金持ちなんだ」

「そんなにないんじゃない」

こともなげに言った。しかし、あたしの想像の中では、十七歳の時から本物の服をまとう少女と、それを見つめる裕福な母親がすでに浮かびあがっていた。

「どうして、うちに帰らないの」

「いやよ」

ステラの顔は急に険しくなった。

「うちに帰ったら結婚させられるじゃない。私、大学を中退した時から、もう両親の言うことをおとなしく聞くような人間じゃなくなっているんだよね」

「ふーん、大学を中退……。もったいないなあ」

あたしは何度めかのため息をついた。あたしは今でもよく思うのだけれども、大学に行っていたならば、この東京の街をもう少しやわらかい目で見ることができたはずなのだ。学生という気楽な身分で、四年間この街とかかわりを持っていたら、あたしはどんなにここが好きになっていただろうか。六本木も、原宿もよく知らないまま、いきなり社会にほうり出されたあたしは、それらのきらびやかさにおじけづくより他はなかった。

「私、喉が乾いたんだけど」

ステラは七本目のハイライトに火をつけながら言った。湯呑みの茶はとうにさめており、四月なのに、うっすらと汗ばむような夜だった。

「ごめん、ごめん。いま下の自動販売機に行ってなにか買ってくるわ」

あたしは財布《さいふ》を持って立ちあがった。ジャズ喫茶と、ライブハウスの勘定を支払った財布は小銭だけがいやに音をたてていた。

コーラを二本かかえて帰ってくると、いつのまにかステラはあたしのベッドに横たわっていた。

「この部屋、気持ちいいなあ」

うっすらと目を閉じて言った。

「古いけど天井は高いし。静かなのがいいね」

「うん、十二時をすぎると小田急線も通らないしね。朝はスゴイのよ。電車の音と、ホームのアナウンスが目ざましがわりだもん」

「でも静かだよ。ゆかりさんのところは、遅くまでミシンの音がうるさいんだよ」

「そう」

あたしはコーラの缶を、ステラの手元まで運んでやった。ステラのような女が、他人のうちで気がねをしながら暮らしているなどという光景は、あたしには悲しかった。

「私」

ステラはぐびりとコーラを飲み干して言った。

「今夜泊まっていっていいかな」

「もちろんよ」

ステラはその夜、あたしのTシャツとトレパンを着て、あたしのベッドで寝た。イッセイのドレスをあたしはハンガーにかけてやった。ふすまの上で、かすかに夜風にゆれる紫色の服は、あたしに喜びに近い感情さえもたらしたと思う。

あたしは、ベッドのかたわらに布団を敷いて寝た。長い間使っていなかったそれは、かなり湿っていて、カビくさいにおいもした。けれどもあたしは幸福だった。

電気を消すと間もなく隣りのベッドからはステラのかすかな寝息が聞こえた。信じられないような気がした。イッセイの服を着て、ジャズシンガーと親しげに口をきく女が、あたしのベッドに横たわっているのだ。

ひとつの物語をあたしは思い出そうとしていた。ふとしたことから、お城の王女さまをうちにかくまうことになった貧しい木こりの娘。あの結末はどうなったのだろうか。娘はお城に招かれたのだろうか。それとも王女をかくまった罪で、お城の騎士に殺されただろうか。

そんなことをあれこれと思いうかべているうちに、あたしはいつしか深い眠りにおちていった。

4

次の日もやっぱり雨が降っていた。

あたしはいつものように、牛乳を一杯とトーストを二枚食べて部屋を出た。その時もステラはまだ眠っていた。

「ゆっくり、いつまでも好きなだけ寝てちょうだい。鍵《かぎ》は冷蔵庫の上です。出ていく時に郵便受けの中に入れておいてください」

牛乳のパックはまだ重たかった。あたしはステラが残りを飲んでくれるといいな、などと思いながら傘をさしておもてへ出た。

その日のあたしは、少し興奮していた。その証拠に会社に行くやいなや、あたしは今日子にせき込むように言ったのだった。

「ねえ、聞いて、聞いて。あたし、すごい女の子と知り合いになっちゃったの。ジャズにすごく詳しくって、歌手なんかとも知り合いなの。それでものすごくセンスがよくて、とにかく個性的だわ。それから、驚かないでね。滝田省三のところにいて、あの人の仕事のほとんどはその子がやったのよ」

「なにを言ってんの」

今日子は鉛筆の手をとめようともせずに言った。スポンサーに見せるラフを描いている。あたしがまだ一度もやったことがない仕事だ。

あたしはできるだけ詳しくステラのことを話した。高校二年生の時からイッセイしか着ないこと、どんなふうな口紅をつけているかということ。

「ふうーん。なんか嘘っぽいなあ」

今日子は言って、フンと鼻をすすった。

「なんか、あんたがだまされているって感じよ」

「そんな人じゃないわよ。とにかく一度会えばわかるわ。ふつうの女の子と、まるっきり違うのよ」

「それで、その子はいまどうしてるの」

「あたしの部屋で寝てるわ」

「あんた、気をつけた方がいいんじゃなあい」

今日子は大きな声を出した。

「知り合ったばっかりの子を、部屋に泊めたりしてさ。お金とか持ちものはだいじょうぶなの」

その時、たとえ一瞬にせよ、あたしが不安を思い浮かべなかったというと嘘になる。けれどもそんな自分をすぐに恥じた。葉子の知り合いということは確実だし、まっとうではない子とそうでない子の区別ぐらいあたしにだってできる。

それにしても、ステラはもう起きたのだろうか。次に彼女に会えるのはいつだろう。帰っても誰もいない部屋を思い浮かべると、あたしは淋《さび》しい気持ちになった。その日の午前中のほとんどを、あたしは彼女のことを考えてすごした。

彼女からの電話があったのは、午後のことだ。

「私、ステラ」

昨日と全く同じ、ぶっきらぼうな声がした。

「いまね、あなたの部屋からかけてるの。寝てたらなんか気持ちよかったんだよね。それでいまもまだいるの。もう少しいてもいいかな」

「どうぞ、どうぞ。もちろんよ」

あたしははずんだ声の続きで言った。

「どうせなら、夕方まで寝てて、あたしの帰る時までいたら。夕飯をいっしょに食べましょうよ」

ステラはまだあたしの部屋にいるのだ。そのことがどうしてあれほど嬉しかったのだろうかと、今でもあたしは少し不思議な気分になる。とにかくあたしは得意でたまらなかったのだ。ステラのような女がどういうわけか、あたしのことを多少なりとも気に入っている様子、友だちだといってくれていること。考えれば考えるほど、それは奇跡のようにあたしには思えた。

なぜなら、そのテの女というのは、たとえば全くレベルは違うが今日子のように、表面はつき合っていてもなんとなくあたしのことを小馬鹿《こばか》にし、軽く無視するのが普通だったからだ。

その日の夕方、あたしはケーキを四つほど買って部屋に急いだ。ケーキなどを買うのは久しぶりだった。一人暮らしの女というのは、外で注文することはあっても、めったにうちでケーキなど食べないものだ。

ステラはまだベッドに横たわっていた。夕闇が本当の闇に変わろうとする時刻、あたしの部屋のカーテンは妙な陰影をつくっていて、ステラは下半身だけは暗く、髪の部分には光が集められていた。

「ステラ……」

あたしはそっと呼びかけてみた。

化粧をおとし、目を閉じている彼女はまるで少女のようにあどけない。

「ステラ……」

もう一度呼んでみた。

彼女はゆっくりと目を開けた。

「ああ、びっくりした。もう帰っていたの」

彼女は乱暴に頭をもたげた。寝顔を見られたことへの口惜《くや》しさがありありと見えた。

「ううん、違うの。たったいま帰ったところよ」

あたしは、ややあわてて後ずさりをした。

「いま、何時になるの」

「えーと、六時ちょっとすぎかな」

「あーあ、あたし疲れてたのかな。一日中寝ちゃったんだよね」

しかし、それは嘘だと思った。電話の隣りに置かれたメモには、たくさんの数字が書かれていたし、会社からあたしが連絡しようとしても、何度も〝お話中〟だったのだ。

かすかに不愉快な感情が胸を横切ったものの、そんなことはすぐに忘れた。フォークをめんどうくさそうに使って、ケーキを食べる彼女の話は、またもやあたしを魅了《みりょう》したのである。

「私、ジャズピアニストになりたかったんだよね」

彼女は言った。

「だけど私のうちときたら、女子大へ行ってすぐに結婚して欲しいって親だからね。どうしても音大へ行かせてもらえなかったんだよね。だけど東京に来てからは、私はずうっとジャズの店に通っていたんだよね」

「ジャズの店って夕べ行ったみたいなところの？」

「ああいうところは、たまにジャズを聞く人が行くところよ。お子さまランチだよね。まあ、メグちゃんが出演してたから行ったけどさ。私が行ってたのは高円寺とか中野、時々は基地の方にも行ったんだけどね。そこで私は、湯川《ゆかわ》さんと知り合って可愛《かわい》がってもらったんだよね」

「湯川さんって、あのトランペットを吹く人？」

彼の名前だったら、あたしもよく知っていた。世界的なジャズマンで、ニューヨークに住んでいるはずだ。摩天楼を背にして、コートの衿《えり》をたてて歩いている彼の姿は、よく雑誌のグラビアなどで見ることができた。

「そう、私はあの人の合宿にも参加したことがあるんだ。私、練習中にほっとかれてさ、こうして棒切れを持ってジャカ、ジャカ、石をたたいて、ひとりで遊んでいたんだよね」

ステラは不意にケーキのフォークを置いて、自分の膝《ひざ》を手でうちはじめた。タン、タン、タターン、タ、タン、タン。それがうまいのかヘタなのかよくわからない。けれど膝をうち続ける彼女に、ある特有のムードがあることは確かだった。

「そしたら、湯川さんが言ったんだよね。『ステラ、お前が男だったらなあ』って。それだけのリズム感をもっていたら、オレが仕込んで一流のドラマーにしてやるんだけどなあって」

あたしは、写真で見る湯川誠吉《せいきち》の顔を思い出していた。三十代なかばの、彫りの深い精悍《せいかん》な顔つきをした男だ。その時、ステラはあたしの中で、また新しい価値をつけ加えられた。有名人と仲のいい人間と、これほど間近で話したというのは、あたしにとって初めての経験だった。そして急に、あたしはエゴイスティックな好奇心がむくむくと頭をもたげてくるのを感じていた。

「湯川誠吉って、あなたの恋人だったの」

あたしは尋ねた。

「違う」

「でも寝たりしたんでしょ」

あたしはかなり意地悪い口調で言った。実はあたしがいちばん知りたかった質問がそれなのである。ステラは確かに最先端の女だ。しかし中身まで本当にそうなのか、あたしはどうしても知りたくなった。

ステラの答えは意外だった。

「まさか！　そんなことするはずないじゃない」

彼女はやや激して言った。

「私は他の男の人とも、そんなことをしたことないよ」

「ホントーッ。じゃあ処女なのね」

あたしはたぶん勝ち誇ったように言ったと思う。あたしは男とよく寝る女というのを、羨望《せんぼう》し、そして同時に軽蔑《けいべつ》していた。けれども、あたし自身は「寝た」ことがある女だった。そしてあたしはそれを、その時ステラに対するただひとつの優越感の根拠だと思っていた節がある。なんでも知っている彼女が知らなくて、あたしが知っていることがひとつあった。それが〝男〟だというのは、嘘《うそ》のような話だけれども。

「あなた幾つだったっけ」

「二十四歳よ」

ステラの年齢をはじめてそこであたしは知った。四つ齢上だった。

「別に男の人とそういうことをしたっていいじゃない」

あたしは急に自分の舌がなめらかになっていくのを感じた。

「フミコちゃんはあるの」

ステラは聞いた。やや声が小さくなっているのがわかる。

「あるわ」

あたしは、自分のバッグからセブンスターをとり出し、一本火をつけた。

「あんなことぐらい、なんでもないじゃない。二十四歳にもなって、男の人と寝たことないなんておかしいんじゃない」

それは二十歳まで、あたしが多くの人に言われ続けた言葉だった。それによって、あたしは劣等感に打ちのめされ、悲しくなり、焦り、その年に必死にそのことをしたのだった。

「男の人とセックスをするからといって、それがどうだっていうの」

ステラは冷ややかに言った。

「おかしいよ。男と女の間にだって、もっと大切なものがいっぱいあるはずなんだよね。私と湯川さんだってそうだったよ。あの人もミュージシャンだから、男と女のことにすごくルーズなわけ。はっきり言って、私とそういう関係になろうとしたこともあったんだよね。でも私を見てて、そういう女じゃないってことがすぐわかったみたい。あの人も最初は、私のことを自分めあてに近づいてくるグルーピーの一人だと思っていたんだよね。でもこう言ってくれたんだ。『オレも音楽が好きだけど、お前もオレと同じぐらい好きだな。音楽でオレに近づこうとした女は、お前がはじめてだよ』って、ニューヨークに発《た》つ前に言ったの」

あたしはいつのまにか、タバコの火を消していた。「男と寝る」ということが、次第にごくつまらないことのように思えてきたのは確かだった。

ステラの話は続く。

「でもね、私が湯川さんを好きで、湯川さんも私を好きだったのは本当なんだよね。男と女のくせして、親友になってしまったのかなー私たち。あれは紀伊《きい》半島の合宿が終って、湯川さんたちが東京に帰り、そのままニューヨークへ帰るっていう日だった。私たちは丘の上に立って、湯川さんのジープを見送っていたんだよね。そうしたら、湯川さんが窓から大きく手を振って、何度も『ステラー！』って叫んだんだ。そうしたらみんなが言うんだよね。『ステラ、走るんだよ。追いかけてくんだよ』って。それで私は走った。そうしたら湯川さんもジープからとび降りて、私の方へ走ってきてくれたんだよね。私たちは丘の途中で抱き合ったんだ。気がついたら、みんな拍手してくれて……。それが思い出っていえば思い出」

「ふうーん」

あたしは心の底からため息をもらした。

「いい話ねえ」

あたしが作家かなんかだったら、この話を小説にできるのに、とあたしは思った。

「あ、もうこんな時間だ。私、もうゆかりさんのところへ帰らなくっちゃ」

ステラは立ち上がった。

その時、あたしたちの目が合った。そしてあたしは言ったのだ。

「今夜も泊まっていきなよ。なんだったら、落ちつき先が決まるまで、ずうっとここにいてもいいのよ」

5

その日から、ステラはあたしのところへ住むようになった。

ゆかりのところから、ステラは少しずつ身の回りのものを運び出して、気がつくとあたしの部屋は彼女の持ち物が目立つようになった。

いちばん増えたのはレコードだった。ステラは数枚のジャズのレコードを大切そうに運んできた。もちろんその中には、湯川誠吉のものも何枚か交じっていた。

「それにしても、フミコちゃん、ステレオをなんとかした方がいいんじゃない」

あたしは赤くなった。専門学校の時の友人が、引越す時にタダで譲ってくれたもので、十何年も前のビクターだった。

「これじゃ、針で傷んじゃうよ。レコードが可哀想《かわいそう》だよ」

そういう言葉は、あたしを暗に非難しているようで、あたしはうつむくしかなかった。

前の会社の男たちにも、よくあたしはなじられたものだ。

「ダサい、ダサいよ」

ステラもよく、あたしに同じことを言ったものだ。

「フミコちゃんって、こういう仕事をしている割には、はっきり言ってダサいんだよね」

「本当に、そう思う？」

あたしは少しおどおどして、彼女の顔をのぞき込むようにして見た。

「まず服がいけないよ。どうしてそう、つまんないものを着るの」

あたしは自分の着ているものを見わたした。グレイのトレーナーに、チェックのプリーツスカート。そうひどい格好をしているとは思えないが、あまりにも普通すぎるとよく言われたものだ。

本当はあたしにもよくわかっていたのである。どういう服装をすれば、人々から「ダサい」と言われることもなく、ああいう世界に入れるかということを、ちゃんとあたしは知っていたのだ。けれども、あたしは決してパンツルックだとか、デザイナーズブランドの服をまとおうとはしなかった。もちろん金がないこともあったが、それ以上に恥ずかしさがあった。自分を他の人々から浮き上がらせ、そして特殊な人間だと印象づけるような服を、どうしてもあたしは着れなかったのである。

あたしのそういう複雑な感情は、取りようによっては、ひどく頑固なものに見えただろう。

「可愛気のない女だなあ」

首にチーフをさりげなく巻いた男たちから、あたしはよくそう言われた。そしてそんな時、あたしはもっと強い口調でやりかえしたものだ。

「あたしはね、身を飾ることよりもっと大切なことがあると思っているんですからね。服装で人を判断しないでくださいね」

けれども、ステラの前にいると、あたしは自分でも驚くほど素直な女になれた。

「ねえ、教えてちょうだい」

あたしは言った。

「どうしたらステラみたいになれるの。どうしたらカッコいい女っていわれるのかしら」

「うーん」

ステラは、しばらくあたしの顔を見つめていた。

「おしゃれになるとか、素敵に暮らすっていうことは、やっぱり感性の問題だと思うんだよね。私が思うに、フミコちゃんって感性はそう鈍くないと思うね。かなりいいものを持っていると私は思う。だけど、自分で自分の感性をくもらせるようなことを平気でするんだから、私はびっくりしちゃうね。たとえばこの部屋──」

ステラは人さし指で、ループのカーペットの上をなぞった。

「ほら、こんなにゴミがついてくるよ」

「あ、あ、それ。ごめんなさい。今日掃除機をかけようと思っていたんだ……」

「女なのに、こういう部屋に平気で住めるっていう感性が、私には信じられないわけ」

あたしはまたうなだれた。

「だけどね、何度でもいうようだけれど、あたしはフミコちゃん、いっぱい、いいものを持っていると思うんだよね」

ステラの声は急にやわらかくなった。

「だからさ、私がいまフミコちゃんの部屋にやっかいになっているのは、私の力でフミコちゃんの感性を磨く手伝いができればいいな、って思っているんだ」

あたしは顔を上げてステラを見た。なにか素晴らしい幸福があたしのところへ舞い降りたような気がする。それは予感と言いかえてもいい。ステラのような女が、あたしと一緒に住み、あたしを変えてやろうと言ってくれたのだ。

「あたし、頑張る。あたし、とにかく変わりたいの」

それは本当だった。ひとつも嘘はない。それにしても、どうしてあたしはステラの前で、長い間隠し続けていたものを、やすやすと見せたりしたのだろうか。

その理由はわかっている。彼女はあたしがなりたいと思っていた女と、寸分違わぬかたちで、あたしの前にやってきたからだった。

一年前、あたしは恋をしていた。相手は首にチーフを巻く類《たぐい》の男だった。彼は何度もあたしに言ったものだ。

「ダサい、つまんない女だね。君ね、こういう仕事をしていくんだったら、もっと自由に、もっとエキセントリックに生きた方が得だよ」

じゃあ、どういうふうになればいいの、というあたしの無言の問いかけに、男はやはり無言で答えてくれた。あの頃《ころ》、彼と噂《うわさ》がたった、何人かのスタイリストとか、ブティックの女たち。

ステラはあきらかに、それらの女たちよりはるかに〝上物〟である。そしてあたしと一緒に暮らしている、あたしの友人なのだ。これはつきつめていけば、あたしの男への未練というものだろうか。

そんなはずはない。あたしとその男とは、一年以上も会っていないのだ。それにあたしは、純粋にそれらしい女になりたかった。街をただ歩いているだけで特殊な光をはなつ、そう、ステラのような女になりたかったのだ。

「じゃ、まず髪もなんとかした方がいいね」

「そうかなあ、あたし、割と気に入っているんだけど……」

ゆるくパーマをかけたショートカットは、丸顔のあたしによく似合っていたはずだ。

「ダメ、ダメ、そんな誰《だれ》でもするような髪、最低だよ。フミコちゃんなら、もっとおもしろい髪が似合うよ」

「ホントオ？　じゃあ、どこか美容院を紹介してよ」

「それより、私が切ってあげるよ」

ステラは意外なことを言い出した。

「私、カットするのがうまいんだよね。よく友だちの髪も切ってあげたりするもん。あ、ちょっと、フミコちゃん、ハサミないの」

あたしが裁縫箱から見つけ出したハサミは、ひどくさびついていた。

「ええ、こんなのしかないの。ま、仕方ないな。ここに座ってちょうだい」

あたしはステラの言うとおり、首に風呂敷《ふろしき》を巻き、おとなしく彼女の前に座った。

「まかせておいて。すごくかっこいいヘア・スタイルにしてあげるから」

ステラは言って、ハサミを何度か鳴らした。さびついたそれは、ギーギーと不気味な音をたて、嫌な予感が頭をかすめた。

「本当にだいじょうぶなの」

「だいじょうぶ。私、一時期は美容師になろうと思ったぐらいなんだもん」

髪に金属がふれる。そのとたん、頭の皮がはがれるような痛みにあたしは叫んだ。

「キャー、痛い。痛いじゃない」

「仕方ないよ。ハサミがサビてるから髪の毛もいっしょにつれちゃうんだよね。もう少し我慢しなさいよ。キレイになるんだから」

思えば、ステラはあたしの髪を切ることに、かなり執拗《しつよう》だった。それはあたしのすべてのことに、あまり関心を示さなかった彼女にしては、異例のことだといっていい。しかし、今ではほんの少し、あの時の彼女の行動があたしにはわかる。

あの時のあたしの髪はまさしく〝素材〟だったのだ。布や紙と格闘するような気持ちで、彼女はあたしの髪にハサミを入れたに違いない。そういえば、

「ちょっと。もう少し我慢できないの」

とあたしを叱《しか》りつけた彼女の声には、ある残酷さがあったのは確かだった。そうして約三十分間、あたしは儀式のようにその痛みに耐えた。

「ほら、できたよ」

ステラはやや乱暴に、あたしに鏡をつき出した。

まるで男の子のようなあたしがいた。じぐざぐに刈られた頭は、まるで少し髪がのびかけた囚人のようだった。

「ひどいわ……」

あたしは泣き出しそうになった。

「仕方ないじゃん。ハサミがさびていたんだから」

じゃあ、どうして途中でやめなかったのとあたしは言いかけて、ぐっと言葉を飲んだ。

その時、あたしがいちばん怖れていたのは、髪をちんちくりんにされ、みっともないありさまになることではなかった。ステラを怒らして、彼女がこの部屋からいなくなってしまうことだったのだ。だからあたしは、すぐに機嫌を直したようなふりをした。

「でも、変わっていていいね。この髪」

「そうだよ。前みたいに野暮《やぼ》ったい感じはしないよ。少年っぽくて可愛いよ」

ステラにそう言われて、あたしはやっと微笑むことができた。

「明日、会社に行ったら、みんなあたしのことを何ていうかな」

「おたくの会社にセンスのいい人がいたら、素敵だってほめてくれるんじゃない」

「それは無理ね。うちの会社に、センスのある人なんて一人もいやしないもの。広告製作者の吹きだまりよ……。あの、ステラ、お願いがあるんだけど」

「なに？」

「あの紫色のイッセイ、一日だけ借りていっていいかなあ。髪を切った最初の日だけ」

「いいよ」

しばらく考えた後、ステラは言った。

6

あたしが短く刈り込んだ髪に、紫色のイッセイを着て、会社に行った時の騒ぎはすごいものであった。隣りのセクションのデザイナーまで、わざわざ見に来たぐらいである。

「あんた、なによお、その髪」

今日子は無遠慮に大きな声を出した。

「ステラに切ってもらったの。どうお、最新の髪でしょう」

「バッカみたい」

彼女は笑った。

「あんた、まだあの女サギ師にだまされてるの。だけどひどいわよ、その髪。ところどころに〝ほら穴〟があるじゃない」

トイレの鏡でよくながめてみると、確かに今日子の言うとおり、髪を深く刈り込みすぎたところがまばらになっていた。けれどもあたしは、その時の自分にかなり満足していた。変わった髪のかたちをし、かわったかたちの服を着ているあたしは、いかにも〝いま風〟の女だった。鏡に向かって、ちょっと煙草《たばこ》を吸ってみるふりをする。アゴをしゃくってみせる。そうしたあたしは、なんと自信に満ちた表情をしていたことだろう。あたしは、そんな自分をとても好きになってしまったのである。

その日をきっかけに、あたしはステラから時々洋服を借りるようになった。髪を極端に短くしてから、カーディガンやプリーツスカートは似合わなくなってきていたのだ。

ステラはイッセイの服しか着ないということだったが、あたしの知っている限りでは二着しかない。最初会った日に着ていた黒のドレスと、紫色のパンツスーツだ。

「仕方ないよ。荷物を取りに行けないんだから」

ステラは口惜しそうに言った。

彼女があたしの部屋で暮らすようになって、一か月がすぎようとしていたけれども、彼女が前の会社と連絡を取った様子はなかった。それどころか、彼女はほとんど外出しようとしなかったのだ。

夕方部屋に帰ってくると、たいていの場合ステラはベッドに横たわっていた。いつのまにかベッドは彼女専用のものとなって、あたしは毎晩、その下に固いせんべい布団を敷いて寝るのだった。

ベッドに、昼も夜も横たわって、彼女はいったい何を考えていたんだろうか。

「別に何にも考えてやしないよ」

ステラは言った。

「好きな曲のメロディを思い出しながら、とろとろと眠るのが好きなんだよね」

あたしはステラがあのトランペット吹きのことを考えているのだと想像して、胸が甘くしめつけられた。

それでもステラは、気がむくと夕飯をつくってくれたりもした。

「私は料理がうまいんだよ。フランス料理だろうと、中華だろうと、材料さえあれば何でもつくれるよ」

ステラはよく言っていたけれども、あたしの流しとコンロひとつだけの台所から、それらのメニューが出てくることはなかった。

「冷蔵庫の中にあるもので、ピラフをつくっといたよ」

ベッドの上からステラは声をかける。

「私はさっき食べちゃったけど、よかったらあたためれば……」

彼女はあたしを待って、一緒に食べようなどということは考えもしなかったようだ。一緒といえば、あたしは最初の頃ルームメイトとしての彼女に、さまざまな期待をもっていた。一緒に銭湯に行くこともそのひとつだ。しかし、それはあっさりと彼女に拒否された。

「私、他人に裸を見られたくないんだよね」

彼女はあたしが会社から帰ってくる前に、風呂屋に行っていたようである。薄暗い空気の中で、ステラの髪はいつも濡《ぬ》れていた。

季節は初夏に変わろうとしていた。あれほど夕方から夜までの時間が長かった年を、あたしは知らない。

ステラは蛍光灯の光をひどく嫌がった。

「いいよ。もう少し電気をつけないでいようよ」

とベッドの中からつぶやくのが常だった。彼女に言われるまで気づかなかったのだが、夕方西の方の窓を開けておくと、あたしの部屋はまるで森の中の家のようになるのだった。代々木の樹々《きぎ》の間をとびかうカラスが、空の色とまぎれて見えなくなる頃まで、あたしたちは部屋にうずくまってタバコを吸い続けた。

「私も早く働かなきゃいけないんだよね」

そんな時、ステラはよくこんなことを言った。

「いつまでもフミコちゃんに迷惑かけているわけにもいかないし……」

それは本当だったかもしれない。

あたしは彼女から家賃はもちろん、食費も受け取ったことがなかったのである。

「私って、いま本当にお金が無いんだよね。退職金ももらってこなかったし。あんまり人の悪口言いたくないから黙っていたけど、滝田さんが私のことをすごく怒っているらしいんだよ。荷物も月給も渡さないってわめいているみたい」

「ひどいわ、ひどいわ」

激したのはあたしの方だった。

「本当はステラが仕事していたようなものなんでしょう。それを会社を辞めたからって勝手なことを言っているなんて、あたし、絶対に許さない」

「いいんだよ。お風呂屋に行くお金とか、電車賃ぐらいは少しあるんだから」

「あたしがもっとすごいお給料もらってたらよかったのにね。ごめんなさい」

あたしはため息をついた。

「そんなことはないよ。私はフミコちゃんに感謝してるよ。こうしてずっとおいてもらっているんだし……」

そういう言い方は彼女には似つかわしくなかった。そしてそんな似合わないことを言わせているという思いで、あたしはとても悲しくなるのだった。

7

「フミコちゃん。私、今度ちょっとしたお金もうけをやるんだ」

珍しく外出した日の夜ステラは言った。

「え、なにをするの」

「あのさ、夏に備えてTシャツをつくろうと思うんだ。メーカーに知っている人がいて、ぜひ私にデザインをやって欲しいっていうんだよね」

「ホントーッ。よかったじゃないの」

「デザインはもう決めてあるんだ。かたちは、ちょっとぴったしめで、袖《そで》も小さめ。いまはぶかぶかのTシャツはダサいんだよ」

「ふうーん、そうなの。知らなかったわ」

「できあがったら、フミコちゃんには真先に一枚プレゼントするからね」

ステラは久しぶりにうきうきしていた。そうしてもらってきた生地見本を、いくつも並べかえたりしている。あたしはそんな彼女を、不安に近い感情で見つめていたと思う。

このことがきっかけで、彼女がまたあたしの知らない世界へ帰ってしまったらどうしようかと思ったのだろうか。あたしにはよくわからない。

とにかくその夜は、いつもとは反対に彼女は遅くまではしゃぎ、あたしはむっつりとおし黙っていた。

ステラがデザインしたTシャツができあがったのは、六月もなかばの頃だった。

「プリントの文字が、思ったよりいい色に仕上がったと思うんだ」

そのTシャツは、背中に五行の文字が描かれている。

「I am ——, I want ——, I angry ——, I love ——, I will ——」

「つまりね、——のところに、自分で言葉を入れていくわけ。みんな、背中でコミュニケーションしようっていうことになるんだよね」

「あたし、こんなTシャツ初めて見た……」

冷静にみて、あたしは彼女のことを〝身びいき〟する傾向は確かにあったかもしれない。しかし、そういうものを割り引いても、そのTシャツはなかなか素敵だった。質のよさそうな木綿の手ざわりはさらさらとやわらかかったし、文字はTシャツにありがちな品の悪い大きさではなく、こぢんまりとエメラルドグリーンの色で描かれていた。

「いいTシャツだよ。これ、きっと売れるよ」

「うん、私も自信があるんだけど、ちょっと心配なんだ。Tシャツを売るにしてはちょっと時季が遅いんだよね」

ステラはちょっと口をとがらせた。

「それでお願いなんだけれど、フミコちゃん、会社に行って何枚か売ってきてくれない」

「いいよ。二十枚でも三十枚でも売ってきてあげるわよ」

あたしは握りこぶしをつくっておどけてみせた。

しかしよく考えてみると、あたしの会社は全部で十五人しかいないのだ。友だちだって少ないあたしが、どうして三十枚のTシャツをさばけるのだろうか。けれどもあたしはそんなことをおくびにも出さず、Tシャツの束を紙袋に詰め込んだのだ。

「なに、なに。あのペテン師がつくったTシャツだって。あんたって本当にひとがいいんだから」

真先に持っていった今日子に、あたしはまたからかわれた。

「そういわずに一枚買ってちょうだいよ。とってもしゃれているんだから」

あたしは行商人のように卑屈に頭を下げながら、見本用の、つまりあたしがステラからもらったTシャツを見せた。

「ふーん、わりと趣味がいいじゃない……。いいわよ、買ってあげても」

「毎度ありい――」

あたしは嬉《うれ》しさのあまり声をはりあげた。

「千六百円でございまあす」

「ま、高いのね。こんなTシャツ、原宿の竹下通りに行けば、五、六百円で売っているのにさあ」

今日子は、財布を出しながらもぶつぶつ言っている。そして突然、意外なことを言い出したのだ。

「私、今日の帰りにあんたのところへ行ってみようかしら」

「エッ！」

「私も、あんたのステラっていうのに会ってみたくなったのよ」

彼女がステラのことに興味を持ったのも無理はない。なにしろこの二か月間、あたしはステラのことしか話題にしなかったのだから。

「いいわよ。じゃあ三人でどこかへ飲みに行こうか」

あたしは快く承諾した。

あの時、あたしはいったい何を期待していたのだろうか。ステラを今日子に見せびらかしたいという気持ちは確かにあった。しかしそれ以上に、ステラという人間に今日子を解剖し、毒舌を言ってもらいたかったのではないだろうか。

ステラの、他の人間、特に女たちに対する辛辣《しんらつ》ぶりは、背筋が寒くなるようなものがあった。まず槍玉《やりだま》にあがったのは、葉子であった。あたしたちは一緒に住むようになってから、あの店へ行かなくなってしまっていた。

「くだらないところだよ、あんなとこ」

ステラは店の悪口を言う時は、声がいっそう低くなる。それは一種の凄味《すごみ》さえあった。

「葉子さんっていうのは、はっきりいってただの〝男好き〟なんだよね。それに精神的に成長していないから、ああいうふうに店に花や置き物をごちゃごちゃ置くんだよ。本当に中身のある人っていうのは、インテリアの趣味がもっとシンプルなんだよ」

「そ、そうなのよお。あたしもそう思っていたのよお」

あたしが憧《あこが》れ、そうして決して仲間に入れてくれなかった人々のことを、ステラがこきおろし、いっきに地べたにたたきつけてくれるのを見るのは心地よかった。爽快《そうかい》感《かん》さえあった。

「とにかく」

ステラは言った。

「この世で本物っていえる人は、イッセイと湯川さんだけだよ」

「ふうーん」

あたしは内心おもしろくなかった。

「それとフミコちゃん。フミコちゃんはまだまだだけれど、本物になれる要素をいっぱい持っているもん」

「本当！」

顔がぱあっと赤らむのがわかった。

「本当だよ」

ステラはあたしの顔をのぞきこんで、静かにうなずくのだった。

そんな時、あたしはいつも「崇高」という言葉を思い出した。それがどういうものか少しも知らないくせに、あたしはこの言葉が気に入っていたのだ。しんと物音ひとつしない真夜中、ステラから神秘じみた口調で「本物の人」とささやかれるのは、それだけであたしに芝居じみた陶酔感をもたらした。たぶん、あれが他人から認めてもらった、あたしの初めての時だったのだろう。

ところで、あたしの予想に反して、今日子とステラはすっかり気が合ってしまったのである。あたしたち三人は、参宮橋駅近くの酒場に入り、ビールをしこたま飲んだ。最初のうち、今日子はステラを意識しすぎて、ろくに口をきかなかったのであるが、ステラの方が一枚も二枚も上手《うわて》だった。

まっすぐ相手を見すえて、ハイライトを静かにふかすステラも、その時寡黙《かもく》だったといっていい。しかし、その姿には相手が声をかけずにはいられない彼女独得の迫力があった。

「ツッパリ今日子」というあだ名がある彼女の方から、ステラに話しかけたのである。

「あの、ジャズが好きなんだって」

「うん、好きだね」

ステラは言い、そうしてあたしにしたのと同じような話を今日子にしたのだ。もちろん、あたしにしたほど詳しくはない。ちょっとしたさわりだけだ。ステラ・バイ・スターライトの話、デザイナーの滝田省三の話。そしてあたしは今日子の顔が、次第に紅潮していくのがわかった。それは、最初にステラに会った日の、あたしの表情だった。

「ね、あたしの言ったとおりイヤな子でしょう」

今日子と駅前で別れて歩く道すがら、あたしはステラにささやいた。

「この業界の典型的なタイプなのよ。なにか勘違いしていて自分を特別の人間だと思ってる。とんでもない。ただの男好きのツッパリネエちゃんなのよ」

「でも頭は悪くないよ」

ステラはきっぱりと言った。

「考え方がシャープだし、話をしていてもおもしろいよ」

あたしはおし黙った。不快さがじわじわとこみあげてきた。その時のあたしは、菓子を見せびらかしたものの、ひょいととられた子どものようなものだったと思う。ステラへの裏切られた思いと、今日子への嫉妬《しっと》でその夜あたしはよく眠れなかった。隣りのベッドからは、もう聞き憶《おぼ》えのあるものになったステラの寝息が聞こえてきた。酒を飲んでいたから、それはいつもより高くなりイビキといってもいいぐらいだった。

「どうして、この女がここにいるのだろう」

不意にあたしは思った。ずいぶんとおかしな話ではないだろうか。この部屋《へや》の主人であるあたしは畳にふとんを敷いて寝て、一銭も家賃を払ったことのない人間が、のうのうといちばんいい場所で寝ているのである。あたしはステラに会う前に、今日子が言った言葉を思い出した。

「まだ気づかないの。あんたは完全になめられているのよ」

確かにそうとれないことはないのだ。あたしは今夜の二人の親密さを思い出していた。

「あたしでなくてもよかったのかもしれない」

小さく声に出して言ってみた。会社をやめて、帰る家も金もなかったステラは、最初はゆかりのところへ居候していた。けれども気が強くてせわしない彼女のところより、あたしの方が居心地がいいに決まっている。

「誰だってよかったんだわ。あたしじゃなくったって。ゆかりさんとか今日子とかでも……」

しかしあたしは同時に、

「フミコちゃんは本物だよ」

と言ったステラの言葉も忘れることができないでいた。あたしは少し混乱していた。疑いだとか、執着、いろいろなものがあたしの目をさえさせた。

窓の下をゴォーッと音をたてて、小田急線の始発の電車が通って行った。

結局、あたしはステラを今日子をはじめとする他人にとられたくないのだった。そして笑われるのを覚悟でいえば、あたしは夢のようなことを考えていた。ステラと湯川誠吉が結婚する。ジャズの流れる有名人の家庭に、あたしはいつか「恩のある親友」として招かれていくのだ。

8

あたしと同じように、今日子もステラに魅了されていったのは確かだ。なぜなら、あたしと同じように彼女に奉仕し始めたのである。これに関して、今日子はあたしよりはるかに有利な位置にいた。美大出の彼女は、自分の友人を駆使してステラに仕事を紹介しはじめたのだった。

「今度、今日子ちゃんの友だちに頼まれて、ファッションショーのスタイリストをやるんだよね」

ある日ステラは、かなりはずんだ声で言った。

「ふうーん、よかったじゃない」

「スタイリングは久しぶりだからうまくできるかな。ギャラはあまり高くないらしいけれどね」

「あ、そう。そうよねえ。ショーの仕事ならタカがしれているもんね。CMの仕事をすればいいじゃない。あれはギャラがものすごくいいのよ」

「わかってるよ。そんなこと」

ステラは急に不機嫌《ふきげん》になった。

「だけど仕方ないじゃない。私、CMの仕事をしたくてもツテがないんだから」

「ごめんなさい。あーあ、あたしが前の会社をやめなきゃよかったのにねえ。あそこはいい仕事をいっぱいしてたんだから。テレビの話なんかいくらでも紹介できたのにね」

この期におよんでも、あたしはまだ強がりを言っていた。失ったものを自慢するなどというのが、どんなにみじめで、みっともないものかということを知っていても、あたしはやはりそうせずにはいられなかったのだ。

「いいよ。私は当分、今日子ちゃんの友だちから仕事をもらえそうだし」

その時だ、あたしが長井《ながい》に電話しようと思ったのは。それは以前から考えていたことであった。理由と勇気がないために、あたしはずっとそれをためらっていたのだった。

長井というのは、あたしが以前勤めていたデザイン会社のアートディレクターだ。洋酒のキャンペーンで何回か賞をもらい、ミュージシャンたちの舞台装置も手がけたりしていた。一年の半分を海外ロケですごす彼は、三十歳もなかばをすぎようとしていたが、まだ独身だった。

見せびらかしたいという欲求に、あたしはうち勝つことができなかった。

ステラには、あたしの華《はな》やかな過去を。長井には、ステラというあたしの友だちを。

だからあたしは何度もためらったすえ、ダイヤルをまわしたのである。

「もし、もし、あたしです。ごぶさたしてます。崎山《さきやま》富美子です」

「お、フミコか。元気か。なんでも渋谷の方のシケた会社にいるんだってな」

彼の声には、あたしが期待していた困惑《こんわく》やとまどいが全くなかった。

「珍しいですね。日本にいるなんて」

「おととい口ケから帰ってきたばかりだよ。ハワイの海ももうダメだな。早めに行ったつもりだけど、いい場所は先発隊がいっぱいだ」

「あのおー。お願いがあるんですけど……」

「また会ってくださいって言うのはごめんだぜ」

「冗談はやめてくださいよ」

あたしは笑った。そしていつのまにか一年の歳月が、すべてのことをジョークに変えてしまったのをその時感じたのだ。

「あたしの友だちで、スタイリストをしている女の子がいるんですけど、一度会ってもらえないでしょうか」

「君の友だちなら、どうせダサい田舎《いなか》娘なんだろう」

「いいえ違います。長井さんも会ったら驚きますよ。ものすごい感性の持ち主なんです」

「君に感性なんかわかるのかい」

彼は電話口で低く笑った。それはあたしを傷つけるのに十分だった。あたしのいちばん痛がる傷口をわざとなぞるのが、彼は昔から得意だった。

「いいよ、わかったよ。仕方ないから会ってやるよ。オレも忙しいから来る時は電話してくれよな」

そう言って電話は切れた。あたしは受話器を持ったまま小さくバンザイさえした。どうしてあたしは、あの時あれほど嬉しかったのだろうか。そのたかぶりはずっと続いていて、あたしは彼女にいろいろと指示さえしたのだった。

「口紅はもっと濃《こ》くした方がいいと思うわ。長井さんはメイクがうまい女が好きなのよ」

「あのさ、フミコちゃん、私はモデルの面接に行くわけじゃないんだよ。そんなに長井さんっていうのは、気を使わなきゃいけないの」

「そうよ。知り合っとけば絶対に損のない人よ。そしてうんと鋭い人なんだから、いろいろと気をつけてね。だいじょうぶ、ステラならきっと気にいってもらえるわ」

あたしのすすめどおり、ステラは黒いイッセイの服を着た。それはあたしと最初に会った日に着ていたもので、ステラにいちばんよく似合っていた。

「じゃ、フミコちゃん、行ってくるね」

アパートの窓から見送るあたしに、ステラは手を振った。夏の陽《ひ》ざしが照りかえすアスファルトの上をステラは歩いていく。黒い長袖の服の彼女は、まるで中近東の女のようだ。あたしはたぶん、小さなため息をもらしたと思う。

なんていい女なんだろう。なんて〝個性的〟な女なんだろう。

あそこを歩いていくのはステラではない。あたしなのだ。イッセイの服を着こなす感性とセンスを持って、長井に会いに行く女。それはあたしなのだ。

あたしは、〝あたし〟に向かって、何度も何度も手をふった。祈るような気持ちが高まって、あたしはほんの少し泣きたくなった。

ステラを送り出した後、あたしはなにもせずに一日中ベッドに横たわっていた。あたしが使わない間に、シーツのすき間からは今までなかったにおいがする。台所のゴキブリ退治のためにまいた殺虫剤ががまんできないと言って、ステラは毎晩ベッドに自分の「フィジー」をふりかけていたのだ。

その香りにまじって、かすかにステラの体臭がする。ステラがきつすぎるほど香水をつけるのは、本当は体臭のせいなのかもしれないとあたしは思った。

目がさめたのは、時計が夜九時をさしていた頃である。昼寝のつもりが、夏の疲れからかぐっすり眠ってしまったのだ。それにしても、ステラの帰ってくるのは遅すぎた。もしかしたら一人でライブハウスに行ったのかもしれないと、あたしは自分をなだめようとした。

のろのろと起き出し、あたしは台所で冷やし中華をつくり始めた。インスタントだけれど、具だけはきちんとしようと思った。あたしはきゅうりを刻《きざ》み、玉子を焼いた。しばらく考えた末、後から帰ってくるステラのために、玉子は二個割った。

テレビのお笑い番組を見ながら冷やし中華をすすり、皿を洗い終った。それでもステラは帰ってこない。十二時をすぎた頃、あたしはついにあきらめて寝ることにした。

あたしは久しぶりに自分のベッドで眠った。あたしのこの夏のいつにない疲れは、固いふとんの上に寝ていることが原因なのだ、あたしは突然そう思った。ベッドやいふとんはすべてステラにあけわたしていた。

どうして。いったいなんのために。

あたしはあまり深く考えまいとした。もうじき帰ってくるステラを見れば、こんな気持ちにはならないはずだ。ゆかりだって今日子だって、みんなが欲しがる彼女を、あたしだけが手に入れている。そのためには、さまざまな犠牲は仕方ないのだとあたしは思おうとした。

それにしてもステラが帰ってくるのは遅すぎる。あかりを消した闇《やみ》の中で、あたしは動物のようにすべての神経を耳に集中させていた。静まり返った駅前通りでは、車の音が全くしない。いったい彼女はどうしたのだろうか。

やっとステラが帰ってきたのは、午前二時をまわった頃だった。あきらかに彼女は酔っていた。黒い服はややだらしなくなり、裾《すそ》のところにいくつもシワがよっていた。

「遅かったのね」

あたしは言った。

「うん、長井さんとすっかり気が合っちゃっていままでさんざん飲んでいたんだよね」

「それで仕事はもらえそうなの」

「うん、具体的な話はあまりしなかったけれど、いい感じだったんじゃない」

ステラは電気をつけないまま、あたしのベッドの下にしゃがみこみ、ハイライトにライターで火をつけた。一瞬の光は、驚くほど彼女を老けた女に見せた。

「ねえ、長井さんって素敵《すてき》な人でしょう」

あたしはつとめておさえた口調で言ったと思う。

「うん、いいね。すごいファッション感覚だよ。アルマーニと古着を、あんなふうに組み合わせている人、私はじめて見た」

ステラが男をほめるのは珍しかった。

「それに考え方がいいね。すごい感性だよ。人生をあんなふうにアートっぽくとらえている人ってなかなかいないよ」

「あたしね、昔、あの人と寝たのよ」

さらりと言った。その時、あたしはなんて多くのことを期待していたことだろう。ステラの驚き、彼女のバージニティによる劣等感、そしてあたしへの嫌悪《けんお》感《かん》。とにかくあたしはステラに目を見張らせたかった。たった一度でいい、彼女の顔に大きな感情が横切るのを見たかった。けれど彼女はこう言っただけだ。

「同じ会社に勤めていたんだから、そんなこともあるかもしれないね」

「あたしたち愛し合ってたのよ。結婚直前までいったんだから。そいでそれがダメになって、あたしはあの会社をやめなきゃならなくなったんだから」

それはほとんど嘘《うそ》だ。あたしはほんの気まぐれを起こした長井に二、三回抱かれただけにすぎない。その頃、あたしはすっかり有頂天《うちょうてん》になり、自分ひとりの胸に隠しておくことができなくなった。経理の女についもらした一言が会社中に知れわたり、あたしは長井からひどくうとまれるようになった。それで会社をやめた。ただそれだけの出来事だ。

「そう」

ステラのハイライトの白い煙が、ゆらゆらとあがる。いい気味だ。あたしが今夜はベッドに寝ているので、どうしていいのかわからないのだ。

「あの人はフミコちゃんに合わないと思うんだよね。人生をプレイしているんだもの。あの人、会ったばかりなのにあたしをくどいたんだよ」

あたしの心臓は大きく波うち「やっぱり」「やっぱり」というつぶやきのリズムとぴったりと重なった。

それはあたしがいちばん怖れていたくせに、いちばん予想していたことでもあった。「あたしの考えていたとおりになった」という不思議な喜び。けれどもそれをたちまち苦いものに変える、何百倍もの嫉妬。それはいったい誰に向けられていたものだろうか。

長井にだろうか。ステラにだろうか。

「それでステラはＯＫしたわけね」

「するはずないじゃないの。あたしは男の人と、まだそんなことをする気になれないもの」

あたしだってそうだったのだ。一年前、ステラと同じように男をしらなかった。それなのにあたしは彼女ほどのプライドをなにひとつ持たず、言い寄った男の胸に嬉々としてとび込んでしまったのである。

あたしたちは闇の中で向かい合っていた。イッセイの黒い服を着ているステラにくらべ、赤い花模様のパジャマを着ていたあたしはいかにもこっけいでみじめな存在だった。

「もういいじゃない、そんな話」

ケリをつけようとしたのはステラの方だった。

「私は男としての長井さんにはぜんぜん興味ないし、そんなふうにはつき合うつもりはないんだよね」

その時、あたしはほとんど憎しみに近い感情をステラに持ってしまったのである。その思い出だけが、あたしがステラにもっていたただひとつの優越感だった。それをこんなにたやすく言ってのける彼女を、あたしは許すことができなかった。

「違うわよ」

あたしは叫んだ。

「ステラだって長井さんに興味もってるわよ。長井さんってそういう人よ。ちょっと自分が目にとめた女なら、自分の方にひき寄せようとどんなことでもする人よ」

「じゃあ、どうしてそんな人をあたしに紹介したの」

あたしたちの間に、また闇と沈黙が横たわりはじめた。

あたしは答えることができなかった。

あたしたちはしばらくにらみ合っていた。

ステラはハイライトを吸い続けている。まるで能面のような顔ではないか。感情を外に出さない、厚化粧の女。どうしてこんな女を、あたしは長いことクールだとか知的などと思っていたのだろうか。

あたしたちは長いこと向き合っていた。次第に冷静さが戻って来る。三回しか寝たことがない女と、まだ寝たことがない女が、どうして男のことで争ってこうしているのだろうか。

「あたし、もういいわ。ねむくなったから」

こう言ったのはあたしの方だ。

「今夜から、あなたが下の方に寝てちょうだいね」

あたしはできる限り冷たい声で言った。

9

あたしとステラは、それから半月後に別れることになった。

原因は男なんかではない。それまであたしに起こったすべての出来事のように、ステラとの別れも、漫画じみていて悲しい。

それは一個の玉子だった。冷蔵庫に残っていた一個の玉子。それは会社から帰ったら、あたしが料理しようと思っていたものだった。給料日前であたしは小銭しか持っていなかった。ステラと暮らし始めるようになってからいつもあたしはこんな調子だった。

何度でもいうようだけれど、あたしは彼女から一円ももらったことがない。彼女はあたしが買ってきて冷蔵庫に入れておいたものでなにかしらつくり、それを食べていた。あたしは最初のうち、そんなことはとるにたらないことのように思っていたのだが、あたしの給料で二人の人間が食べていくというのはやはり奇跡のようなことだった。長井の一件以来、あたしはかなり意地悪い気持ちになり、わざとスーパーマーケットに行かないようになった。会社の帰りに近くの定食屋で食べたりしていたのである。

ところがステラときたら、あまった野菜と米だけで器用にさまざまな料理をつくった。あんがかかった中華丼めいたもの、チャーハン、ピラフなど。

その一個の玉子は、どうやら目玉焼きになってステラの胃の中に入ったらしい。彼女はそういうことをなんの悪気もなく、淡々とできる人間だった。

「じゃ、あたしは何を食べればいいの」

あたしは怒鳴《どな》った。あたしの六畳の部屋はぞっとするような暑さで、おまけにあたしは空腹だった。

「あたしのことをなめないでもらいたいわね。玉子一個だって、お米ひと粒だって、ぜんぶあたしが自分で稼いだお金で買ったのよ。それをどうしてあんたが黙って食べちゃうのよ」

「悲しいね」

ステラはぽつりと言った。

「あたしとフミコちゃんって、もっと高いところで結びついていると思ってたよ。あたしは確かにあなたに甘えてたけど、いろんなものをあなたに教えてあげることもできると思っていたんだよね。それが玉子だとかお米だとか……悲しいね」

あたしは言葉に詰まった。けれどもとにかくあたしはひもじかった。その時は、ジャズだとか感性とかよりも、あたしには一個の玉子の方がより切実ではるかに存在感があったのだ。

「そりゃー、そうよ。あたしはあんたほど高尚な人間じゃないわよ。玉子にがつがつするような人間よ、ダサくて安っぽい人間よ」

そしてあたしはついに言ったのだ。

「それが嫌《いや》だったら、ここを出ていけばいいじゃない」

ステラはいつものとおり落ち着いていた。

「わかったよ」

ステラはじっとあたしの目を見つめて言った。

「今夜からゆかりさんのところへ行く。荷物は後でとりに来るから置いといてちょうだい」

あたしは引き止めなかった。あたしは疲れていたのだ。その夏はことさらに暑く、そして長かった。あたしはいつも床に寝て、まずいものばかり食べていたのだ。身に着けるものだってストッキングひとつ買っていなかった。

ステラが出ていったら、のびのびと足をのばして眠り、うまい果物でもたっぷり買ってこよう。あたしはそのことばかり考えていた。いや、考えようとしていた。

あたしはテレビを見ていた。画面では山口百恵が歌っていた。

♬星にも寿命があると教えてくれたのはあなたでした♬

バカバカしいとあたしは思った。そんなに精神だとかが大切なはずがないじゃないの。感性だとかいうのは、ちゃんと自分ひとりで食べられる人だけが言うセリフよ。

ステラがドアを閉めた音がする。そしてそれっきり彼女は帰ってこなかった。

それから三日後の日曜日。あたしは部屋に掃除機をかけていた。ステラが残していったものは、ブルーのストッキングと、人工ダイヤのイヤリング片方だ。あたしはそれを、ベッドの下から見つけた。

その時、かけっぱなしのFMから、アナウンサーの声が聞こえた。

「いまおかけしましたのは、ステラ・バイ・スターライトでした」

あたしはハッとして思わず掃除機のスイッチをとめた。あたしは彼女といる間も一度もこの曲を聞いたことがない。そしてまたいま聞きのがしてしまった。

たぶんこれからも聞くことがないだろうと思ったら、あたしはなぜか涙が出てきてしまった。

だいだい色の海

ヤチオミは何もないところだ。

灰色がかった砂浜と、それに続く松林が美しいといえないこともなかったが、避暑地という言葉の持っている、華《はな》やいだ甘さも、爽快《そうかい》さもそこにはなかった。

そもそも、ヤチオミがどんな字で書くのかさえ僕は知らないのだ。もちろん雑貨屋の看板や、電信柱の標示で見たことはあるが、おそろしく画数が多い漢字を、僕は憶《おぼ》えようともしなかった。

父がこのヤチオミの、海に近い松林の中に、小さな家を建てた時、僕を含《ふく》めて誰《だれ》しもがちょっと驚いたものだ。

父の趣味(それは成金趣味とはもはや言えないほど、金による一種の良識をかちえていたことを僕は認めなければならない)に照らし合わせても、彼がいかにも好みそうな軽井沢《かるいざわ》とか、葉山《はやま》ではなく、殺風景なこの千葉の漁師町《りょうしまち》を選んだことが、最初は僕にも解《げ》せなかった。

しかし、別荘ができて家具も完全に揃《そろ》っていないうちに、週末、女を連れて父がその家に出掛けた時、僕はやっと理由がわかった。

全く親父《おやじ》らしいと僕は笑った。

スペインの田舎家《いなかや》を真似た（と建築家は言った）この小さな家を、父は女と寝るためにつくったのだ。

そう考えると、このヤチオミほどそれにふさわしい場所はなかった。

あまりにも単純で、ありふれた線を描く海岸線と潮風で木肌《きはだ》がざらついた松林は、歩くということをひとつの目的にするほどの情熱を誰にも起こさせない。

そして漁場がはるか沖に移ってしまったこの漁師町では、子どもたちさえ険しい目をして人を見るのだ。

そうなのだ。この町で行う娯楽といったら、セックス以外に何があっただろうか。かさついた風と景色の中で、動物のように体を合わせることは、いかにも人間らしくて優しい行為のように僕にも思えた。

父は本当に女にだらしなかった。

そしてそのことを別段隠そうとしなかったので、世間から寛容さえもたれていたと思う。

「女ってやつはねえ……」

父は機嫌《きげん》がよくなると、グラスを片手ににんまりと話し出す。

昔の女だった京都の芸者の、帯をとくしぐさだとか、現在進行中の複数の女達をどううまくさばいているかを、ウィスキーをこのうえなくなめらかにする肴《さかな》のように話すのだ。

それを聞いていると、父の人生にとって、どれほど女というものが重要で、かつ欠かすことのできない傍役《わきやく》かということがよくわかる（そうなのだ。僕の母も明彦《あきひこ》の母も、しょせん傍役以上にはなれなかった）。

「え？　もう何人女を知ってる」

父は息苦しいほど愛情をこめた手で、僕の頬《ほお》をつねる。

「五人ぐらいかな」

僕はごくつまらなそうに答える。

「たったそれだけかよ」

父は大仰に驚いてみせ、そして笑った。父が僕にこの質問を最初にした高校二年の時から、この笑いは変わらずたびたび繰り返された。

父は女の話をするのが一番相手の心に深く切り込めるという流儀を息子の時にも用

い、そしてそれはその通りだった。

「俺《おれ》がお前の年齢《とし》には、手の指、足の指、全部使って、ついでに隣りのやつのを借りても数えきれたもんじゃない」

「無理だよ、今は赤線がないもの」

僕は軽くふくれてみせた。

「馬鹿《ばか》言え」

のけぞるようにした父の首すじには、太い男ものの金のチェーンがあった。

「俺はそんなとこへ行くほど不自由はしてなかったよ。そもそも俺が最初に抱いた女っていうのがね、近所の出戻りだけど、まだ若い綺麗《きれい》な女だ。その女が俺に付け文をしたわけだ。夜、どこそこで待つってな。ところが俺はまだ女を知らない、十六の紅顔の美少年。あせってよそいきのズボンを穿《は》こうとしても、どういうわけかまるっきり上に上がらない。なんのことはない、起《お》っ立ってて、つかえてしまうのさ」

僕と父は声を出して笑った。

僕たち親子は、何から何までそっくりだとよく人に言われていた。そこにかすかな侮蔑《ぶべつ》があるのを僕は見逃さなかった。

つまり二十歳の僕が、五十四歳の男と全く同じに享楽的で、俗物であるということ――。それを非難めいた口調で言う友人もいた。

「君のお父さんが現在のような生活をしているのは、それはすべてお父さんが獲得して、選んだものだ。だからそれは許せる。しかし、君はお父さんのものをただ一方的に受け取る立場でいながら、お父さんと同じことをするのは間違ってやしないかい」

竹井《たけい》とかいって、試験当日にカゼをひき、当然入れるはずの国立をすべったということを、いつもしつこくグチる男だった。やつはなおも続けた。

「君を見ていると、お父さんの小型版という感じがするんだよな。というより、必死で親を真似ている。確かに君のお父さんを真似るのは楽しいだろうけど、それに溺《おぼ》れすぎてやしないかい」

僕は目の前にあったウィスキーのグラスを投げつけたい衝動をおさえるのに苦労した。

「そうとも、オレは親父の金で好き放題遊びまわってるドラ息子さ」

僕は低く叫んだ。

「だけどてめえは何だい。一度だってオレに酒代を払わせなかったことがあるかい。この店だって、お前がたった今バカにしたオレの金じゃねえか。そんなに嫌《いや》だったんなら、さあ、いますぐゲロを吐いて出しちまえ」

僕は彼を睨《にら》みつけた。竹井は僕の反応が意外だったのだろうか。何も言わずひどく青ざめた顔をして店から出て行った。

あの晩の事件について、今ならいろんな言い方や考え方ができる。結局のところ、竹井は僕に非難や忠告をしてくれた最後の人間だったということだけは間違いない。

今の僕の仲間、仕事など無いくせにスタイリストという肩書きの名刺を持ち歩く咲《さき》子《こ》（僕はこの女と四回ほど寝たことがある）、歯医者の学校に通っている石浜《いしはま》などは、おそらく俗物という言葉さえ知らなかっただろう。

僕が彼らを好きと言わないまでも嫌《きら》わなかったのは、彼らが自分や他人の精神というものにとても無頓着《むとんちゃく》で、それが僕を疲れさせなかったからだ。そのことは他の道具立て――青山や六本木で使うメンバーズクラブのカード、白いゴルフなどと同じように僕を安心させた。

こんなことはないだろうか。

電車に座っている。腰の曲った老婆が近づいてきて前に立つ。席を譲ってもいいと思うのだがめんどうくさい気持ちが先に立つ。何よりも僕は少し疲れている。そんな時、近くの乗客から聞こえてくるはずだ。

「近頃《ちかごろ》の若い者はまったく……」

このつぶやきが聞こえるやいなや、僕は急に元気をとりもどす。ほんのわずかばかり存在していて、僕をいらだたせていた良心の呵責《かしやく》がたちまち吹っとぶのだ。僕に与えられた「近頃の若者」という役割。それをすばやく演じさえすればいいのだ。「近頃の若者」という集団の中に入り込めばいいのだ。

これは決して詭弁《きべん》じゃない。

街のあんちゃんとか、ドライで思いやりのない若者という悪役ほど僕は好きなのだ。現にうちにおいても、「出来の悪い次男」というのをやっているわけだから。

明彦のことを話しただろうか。

彼は六つ齢上《としうえ》の僕の兄だ。僕は明彦が大嫌いだった。大嫌いだったが、この役を引き受けてやってもいいと僕は秘《ひそ》かに思っていた。

その理由を、〝ひけめ〟などという名前でよびたくはないのだが、他に適当な言葉が見つからないのだから仕方ない。しかし断っておくが、僕が明彦に対してそんな感情を抱くのは、僕が一浪の末に口にするのはそう恥ずかしくはないが威張るほどでもない私大に入学したのに比べ、明彦は国立の医大を出ているためではない。

彼は家を出て、僕は残っている。そのことだけが僕をちょっと気弱にするのだ。

実際、普通の神経と感情を持っている青年だったら、この家を出ていくべきなのだ。父親が半年ごとに女を替え、その合い間には見知らぬ女が主婦気取りで家の中を歩いている。

明彦が何度めかの小さな家出の末、はっきりと家を出たのは、彼が大学に入学して二年めの夏だった。今の僕の年齢だ。

うちにいる時の明彦というのは、彼がこよなく愛していたレコードのコレクションごと部屋《へや》に閉じこもり、めったに僕と父の前に姿を現わすことはなかった。

明彦が父を憎んでいたように、父も明彦を憎んでいた。僕と父が不思議なほど似ていたぐらい、明彦と父は似ていなかった。僕と父に共通していた、二重の目とか、血色のいい丸顔のかわりに、明彦は切れ長の目とやせた頰を持っていた。

「あいつは本当にお袋に似てるよ。あいつの母親も陰気で嫌な女だった」

明彦の母親は、父が持ったただひとりの正式の妻だった。彼女がどういう病気で死んだかはよく知らないが、僕の母親やその他大勢の女たちが加担していたのは確かだったろう。

明彦の母親の死後、さっそくこの家に乗り込んだ僕の母も、僕が小学校の時に離婚している（といっても、彼女は僕が生まれながら、とうとう籍には入れてもらえなかったのだから、家を出たというのが本当だろう）。彼女と僕との繫《つな》がりは、中学校の時にもらった「可愛《かわい》い利彦《としひこ》ちゃん」という書き出しで始まる長い手紙を最後に、ぷっつりと切れている。再婚したとか聞いているが、その頃から学校の家庭環境の欄には、「経済的には恵まれているが、家庭は甚《はなは》だ複雑」という決まり文句がついてまわるようになったわけだ。

僕は今でもよく思うのだが、この家に我慢できないならば、もっと合理的に出ていく方法はいくらでもあったのだ。父から金をもらってアパートを借りるとか、寮に入るとかテはいくらでも考えられる。それをギリギリまで我慢してあんなふうに爆発させたのは、あきらかに明彦のミスだったと僕は思う。

蒸し暑い夏の晩だった。

駒沢《こまざわ》にある僕のうちは、庭に緑がいくらかあるので、夜となればベランダを開けはなして風を入れるのだが、その夜はぴっちりと閉めて、すでに夕方からクーラーが音をたてていた。

それ程の暑さだったので父も外へ出かける気が起こらなかったのだろうか、珍しく夕食の席にいた。明彦と三人、気まずい夕食をすますと、父は酒の用意をさせてすぐ居間にひっこんでしまった。僕はその頃から父のペットだったので、いそいそと父の横に座り、勝手に肴をつまんだりしてはしゃいでいたと思う。

そこへ明彦が入ってきたのだった。彼が「いい？」と断ってソファに腰をおろした時、僕はかなり驚いた。父もそうだったと思う。明彦は父が家にいる時は、できる限り顔を合わさないようにするのが常だったからだ。

最初のうちこそ、父は明彦に、医学部ともなれば勉強が大変だろうとか、たまには気ばらしをすることなどと、やさしい言葉をかけていたのだが、父はすぐにこのことに飽きてしまった。それで僕の方に向き直ると、軽い冗談を言い始めたのだ。

月日がたっているので、どんな話をしたか詳しくは憶えていないのだが、父は卑猥《ひわい》なことを言って僕は笑ったらしい。その頃から父は僕を一人前の男として扱っていて、かなりきわどいことを平気で喋《しゃべ》った。というより、家へ帰ってもふざける相手が欲しかったのだろうと僕は思う。

もちろん僕は、父のこういうやり方をとても気に入っていたし、明彦がその部屋に入って来るまでそれはとても自然に行われていたのだった。

明彦は黙って僕たちの会話を聞いていた。その時まで、本当にその時まで、明彦は眉《まゆ》ひとつ動かさず、顔色も変えずに耳を傾けていたのだった。

まだ中学生だった僕にもはっきりとわかっていた。この時が来るのは誰もが予想できたのだ。当事者である明彦がそれを感じていないわけがない。

彼は早くケリをつけようと焦《あせ》っていた。それはその時、二十歳の彼をほとんど支配していた「潔癖」というものであり、そしてそれはいま僕がその年齢をすぎても、依然として手に入れられないものなのだ。

その夜のことをはっきりと記憶していないのは、明彦が早口だったせいだ。それまで溜《た》めに溜めたエネルギーをすべて舌に託したかのように、彼は熱い言葉を吐き、それはしばしばもつれるほどのスピードだった。

「僕の母さんを殺したのはあんただ」

「あんたは淫乱《いんらん》な豚さ。そうさ豚だとも」

明彦の声は、父に対する激しい軽蔑のために、ある種の威厳さえ帯びていて、軽蔑こそは父が最も怒り、恐れるものだった。

父は明彦を殴《なぐ》ろうと席を立ち、酒瓶《さかびん》が倒れて大きな音をたてた。それが僕をやっとおびえさせ、僕は人を呼ぶために部屋を逃げるように出た。

もしかしたら、僕はあの時少し泣いていたかもしれない。

「早く、早く」

台所で皿を洗っていたお手伝いのサヨ子を、わめくようによび出した時、僕の頬には少し濡《ぬ》れるものがあった。

二人で居間までひき返した時、ことはすでに終っていた。半分開かれたドアは不気味な沈黙があった。

突然、ドアは中からものすごい力でおされ、明彦がとび出してきた。明彦の顔は紅潮していてほんの少しだけれど、彼は幸福そうに見えた。幸福という言葉はあたっていないかもしれないが、少なくとも兄があれほどはつらつとした若者に見えたのは初めてのことだった。

部屋に入った時、父はやっぱり殺されていた。と、その時の僕は思った。なぜだかわからないが、台所から居間まで小走りに来る間、僕はそんなことばかり考えていたのだ。

父は額から何筋かの血を流して死んでいた。

その時、僕にはなんとたくさんの感情がうかんだことだろう。

「これでおわったのだ」と、僕のどこかでささやく声がした。「これでみなし子になれるのだ。ひとりぼっちで生きていかなければいけないのだ」という思いは、ほんのわずかだったけれど、僕に甘い思いをもたらした。

もちろん僕は十四歳だったから、それほど深い思惑《おもわく》を持っていたわけではない。その頃《ころ》ちょうど大きな飛行機事故があって、親を失った僕と同い齢ぐらいの少年が世間の注目をあびていた。その男の子に対する羨望《せんぼう》が、僕につまらぬいくつかの連想をさせたにすぎない。

その時だ。ソファに横たわって死んでいる父から、力強い言葉がもれた。

「畜生……」

父は生きていたばかりではなく、怪我もそうたいしたことはなかった。明彦が投げたクリスタルの花瓶《かびん》が額をかすっただけで、出血はあるが縫うほどのことはないと医師は言った。

けれどもその暑い晩に明彦は裸足《はだし》で出ていったきり帰らなかった。本当に何ひとつ持たずに。

友人のところへころがりこんだ彼は、そのまま大学もやめるつもりだったらしい。どこそこで働いているのを見た、などという噂《うわさ》をしたり顔でもってくる人もいたが、父があまり機嫌が悪くなるのでそのことについては誰も口にしないようになってしまった。

おそらく、三鷹《みたか》の叔父が間に入らなければ、父と明彦は永遠に和解できなかっただろう。

明彦の母親の弟にあたるその人は、地方公務員をしながら、書道塾を経営している温厚な紳士だった。

平凡な人々というより、自分のように金を持っていない人間をはなからうけつけない父が、この人の言うことだけは耳を傾《かたむ》けた。僕が思うに、一族縁者の中で、父に金の話をもちかけなかったのは、おそらくこの人だけだったのではないだろうか。

彼は時間の力を借りながら、明彦が学資も生活費も絶たれてどれほど困難な生活をしているかというところから父を説得していったらしい。

「父親に反抗するというのは、若い時には誰だって心あたりがあるじゃないか」

というところまで持っていくのに、三か月はたっぷりかかったが、明彦にある程度の援助をすることに父は頷《うなず》いた。明彦を赦《ゆる》したというよりも、最後はめんどうくさくなったに違いないのだ。

怒りも女への執着と同じく、父が長続きさせることができない感情のひとつだった。

「そのかわり、明彦にはたまには飯でも食いに帰ってくるように言ってください」

とまで父は言ったものだ。

それでも、現在に至るまで父と明彦との仲は非常に冷ややかだというのはいうまでもないだろう。明彦は父の留守のすきに顔を見せるぐらいで、サヨ子がどんなに頼んでも、決して夕食まで居ようとはしなかった。

よくある話だが、この五十女と、不幸な境遇の雇い主の息子とは、まるで肉親のような情愛で結ばれていた。父や僕には極端に寡黙《かもく》な明彦が、台所のテーブルでサヨ子を相手にいつまでも低い声で喋っているのを僕は見たことがある。

「そうですとも。ええ、そうでしょうとも」

明彦の言葉の合い間には、限りないやさしさを込めたサヨ子のため息が入る。

そんな愛情の裏返しのように、サヨ子は僕を嫌っていた。少年の頃はそうでもなかったのに、最近は意外なほどの迫力をもってそれが伝わってくる。この痩《や》せた未亡人の瞳《ひとみ》の奥には、いつも明彦と僕を比較し、そしてあきらかに僕を見下しているものがあった。

それに気づき始めた頃、僕は人に嫌がらせをする術を十分に身につけ始めていたし、それをおもしろがる陽気さも父譲りですでにあった。だからそう気を悪くすることもなかったと思う。

それは四日前のことだった。

僕はいつものように、昼もかなりまわった頃食堂に顔を出した。着ていたのはミッキーマウスの模様のあるパジャマで、これは女子大生の優子《ゆうこ》からの、ディズニーランドの土産だった。

初夏の陽《ひ》ざしはすでに高い位置からベランダにさし込んできていて、さすがの僕もちょっと気恥ずかしくなるほどだった。

「サヨさん、トマトジュースくんない」

僕はダイニングテーブルには座らず、ソファにだらしなく寝そべったまま彼女に声をかけた。夕べ六本木から帰ったのは三時をとうにまわっていた頃だ。玄関脇《げんかんわき》の部屋で寝ていたサヨ子が、それに気づかぬはずはない。

彼女がそうしたことを、どれほど苦々しく思っているか僕は手にとるように分かっていた。そして彼女のその苦さをさらに刺激することが、僕の秘《ひそ》かな退屈しのぎだったといってもいい。

水道の音が荒々しく断たれ、やがて彼女は無言で僕の前に水滴のついたコップを差し出した。

「サンキュー、サンキュー」

僕はサヨ子の前でいつも必要以上に明るくなるのだった。

「ちゃんと起きて飲まないとこぼしますよ」

僕の目を見ないようにして言った。

彼女は額をひっつめるために少なくとも二十本以上のヘアピンを使用していて、それは生えぎわのところを扇のようにとり囲んでいる。

僕はコップを手にしたまま、しばらくぼんやりしていたと思う。冷たい感触が起きたてのほてった手に心地よかったし、実際のところ、僕はジュースをあまり飲みたくもなかったのだ。

どんよりとした赤色をかざすように眺めていた時だ。ふとコップの底に、白い沈澱《ちんでん》物があるのが見えた。もう一度よく見る。コップの底を描くような丸いそれは、どうやら牛乳らしい。牛乳がこびりついたままのコップにジュースを入れて、彼女は僕に持ってきたのだ。

僕はあと少しで笑い出すところだった。彼女はしょせん家政婦であり、使用人なのだ。こんなふうにしか僕に抗《さから》うことはできないのだ。

こう思うことは僕の優越感を(かなりみじめなものだとしても)満足させた。僕はそのジュースを底の方まで飲みほした。

青くさいその味を喉《のど》の奥で確かめながら、夏はすぐそこに来ているな、などと僕は考えたのだった。

朝食の席で、父が今年は忙しくてヤチオミには行っていられないと、誰にともなしにつぶやいた時、僕は内心しめたと思った。

「じゃ、僕が借りるぜ。夏じゅうずっと」

「そりゃいいけどな、きれいに使ってくれよ。客を急に連れていくこともあるからな」

父は新聞に顔を向けたまま、片目をつぶった。

あの土曜日のことは、もう一か月以上前のことになるだろうか。僕といつもの連中は、真夜中に急に思い立ってヤチオミまで車をとばしたのだ。事故を起こさなかったのが今もって奇跡としか言いようのない、めちゃくちゃな酔っぱらい運転だった。特に石浜の車などは、女の子を怖がらせようと、わざと右左へ大きく揺らせてカーブを切っていた。

それでヤチオミへ到着した時は、誰しもがぐったりしていて、僕はくずれおちるように客間のソファで眠ってしまったものだ。

しかし中にはひどく元気な一組がいたらしい。二日後、父が女を連れてやってきた時、父の寝室はすでに誰かによって同じ目的で使われていたのだ。

父はこのことを怒ってはいなかった。それどころか、かなりおもしろがっていた節がある。

父はいつも若い連中に対して、かなりの興味と好奇心をむき出しにしていた。それは理解などという、曖昧《あいまい》な言葉であらわされるような大人の卑屈さではなかったと思う。

父はそれほど大きな男ではなかったが、造作のおおまかな顔立ちや、肩幅のある体は、大柄な印象を誰にでもあたえた。

いま、白麻のテーブルクロスの向こう側に座っている父は、灰色に近い青のサマースーツを着ている。英国布地で、銀座仕立ての背広を着ていても、父にはその背広からはみ出しそうな肉体と精神があり、それは父を時には下品に見せたりもしたが、女たちを魅《ひ》きつけてもいた。

父の締《し》めているおそろしく派手なブルーと赤の絹のネクタイ。それは父の（今のところの）愛人である、赤坂のホステスのプレゼントだったと記憶している。

僕は何度か、彼女とこの家で出くわしている。

遅い朝、コーヒーをとりに行こうと廊下を横切った時だ。はれぼったい顔の女がちょうど階段を上がろうとしているところだった。

彼女はいくらか青ざめた顔をしていて、眉を半分そり落としていたのが奇妙だったが、残り半分の眉をひいて化粧をすれば、かなり人目をひくだろうと思わせるほどの顔はしていた。

彼女は僕を見るとちょっと微笑《ほほえ》んだ。

それは確かに共犯者としての微笑だった。

彼女は愛人、僕は息子という立場で、父の富や魅力に群らがる人間ということに変わりはないのだ。

ある経済誌の特集に父が載った時だ。友人の実業家が、父の私生活をほどほどの慎しみとユーモアですっぱぬいたことがある。その中で彼は「俗にも仕事にも徹しきれる才人」と父のことを評していた。

終戦直後、いまの多くの金持ちがそうだったように、どさくさにまぎれていくばくかの金を握ったのは祖父だったが、それを事業とよばれるようにしたのは父だった。

パチンコやボーリング場を経営していた時は、家にあやしげな男たちが出入りしていたこともあったらしいが、僕が中学に入る頃には、それらは高級スーパーマーケットに姿を変えていた。東京に住んでいる人なら誰でも知っている、あの帆舟のマークの店だ。

新潟にスキー場を手に入れたのと、父がいろいろなクラブの会員になり始めたのは、ほとんど時を同じくしている。

父は何も怖れてはいなかった。父は人生というものを手の中に握り、時々それを開いて眺めてみたり、振ってみたりするように僕には思われた。

父はなんでも一流を好んだ。酒でも女でも、身につけるものすべて（女は時々、変わったものにとびつくこともあったが）。そして父は自分の今までの人生も、非凡で一流のものであったと固く信じていたに違いない。

「俺は人の二倍分生きてきたよ」

これは父の口癖だった。

「人の二倍分働いて、二倍分稼いで、酒を飲んで女を抱いてきたよ。だから人の半分の寿命しかないと思ってたのに、もう五十年も生きちまった」

こんなことを父は、よくとおる大きな声で言う。そのくせ、自分のことを少しも年寄りだなんて思っていないのだ。

父は本当に何も怖れていなかった。

父のことを思う時、僕はいつも考えるのだ。男はどれほどの自信や自負を持って女を抱くのだろうか。

できる限りの力を持って女をおしひろげ、女におし入ろうと、僕はいつも彼女たちが心の中で、僕をせせら笑っているような気がしてならない。甘い声をあげ、時には歓《よろこ》びの表情をうかべようとも、それは全部嘘《うそ》っぱちのような気がするのだ。

汗をしたたらせている僕の胸の下で、いったい彼女たちは何を考えているのだろうか。

こんなことはあまりみっともいい話ではないのだが、月に何べんか僕は自分ですることがあった。

高校時代から父はまだ少年の僕に向かって、オナニーぐらいみっともない行為はないとよく言ったものだ。

小便をたれている小僧ならともかく、お前はもう一人前の男なんだから、そんなみっともないことは絶対にするな。そんなことをするぐらいだったら、どんなババアでも、どんなひどい女でもいいからとにかく女を抱け。そのための金はいくらでもやるぞ。

僕はあの時、たぶん曖昧に笑っていたはずだ。なぜなら十七歳の僕にとって、それはもう習慣となっていたからだ。

十代の頃の父は、ある商店で働いていた。似かよった年代の少年が十人ばかり、一部屋に詰めこまれていたという。

もちろん彼らには女と遊ぶ金などあろうはずはなく、仕事を終えた後のしめった布団だけが彼らの世界だった。夏の夜などにはそれらが、いっせいにもぞもぞと動いたという。父はたぶんこの思い出を憎んでいるに違いない。

けれども自分でするのはそう悪いことではないと僕は思っている。それは先にも言ったとおり女を相手にするより気がラクなところがあったし、それより何より欲望を感じた時すぐに応じられる便利さもあるはずだ。

もちろん僕は女の子とだってしょっちゅう寝ているし、そうモテない方ではない。ただ僕が言いたいのは、男というのはかなり大変なものだ、ということだけだ。

父がいつも言っている、

「男はいつも女を喜ばさなきゃいけない」

といった類《たぐい》のことが、時たま、ほんの時たま僕を憂鬱《ゆううつ》にさせる。それだけのことだ。オナニーぐらいのことで、僕はどうしてこんなにたくさんの言いわけをしてしまったのだろうか。けれども実際、女には不自由したことがない僕の仲間たちさえ、

「あれはあれでいいもんだよ」

と薄く笑ってみせる。

やつらの多くは、タレントや女優を思いうかべると言うが、僕はそのこと自体、ひどくみじめで猥雑《わいざつ》なことのように思えてならなかった。手のとどかない女とのことを想像しても仕方ないし、だいいちそういった女の中に、僕の好みなど一人もいやしない。

昼間食堂で見かけたウェイトレスだとか、道ですれちがった犬を連れた人妻風などが、しばしば僕の対象となった。

彼女たちは僕を拒否する。その高慢な調子がやがておびえとなり、哀願となるのに時間はかからない。僕はどちらかというと小柄な方なのだが、その中では筋骨たくましい大男となり、ふてぶてしい笑いをうかべながら女の衣服をはがす。

そのシーンの背景には、いつも必ずといっていいほど戦後の焼け跡が出てくるのだった。

祖父が活躍した時代だ。まだ若かった父はその筋の人たちに何度も殺されかかったという。

僕はもちろん戦争が大嫌いだが、戦後は別だ。戦後だけなら一度ぐらい味わってみたいものだといつも思っているぐらいだし、当時の話が雑誌に載ったり、写真集を見るたびに、僕はくらくらとするほどの嫉妬《しっと》をおぼえたものだ。人々の苦労話は、そのまま僕の中で勝ち残った者たちの武勇伝にすり替わる、女を犯した話さえとびきりの物語のようになる。

そうなのだ。僕は言いたいのだ。僕にはチャンスがないのだ。今はもう戦いなどどこを探してもないのだ。女たちは嫌がるそぶりを見せながらも自分から足を開き、もう誰もおびえてマーケットの露地を逃げたりはしない。僕ときたらせいぜい、そんなふうに痩せた女を想像しながら射精するのが精いっぱいなのだ。

僕がなぜヤチオミへ一人で行こうと思いたったのか、今もって僕はうまく説明できない。

なぜならそれまでの僕は、いつも集団で行動していたし、孤独というものを身につける暇もなければ美意識も身につけていなかったからだ。

その日も行きつけの喫茶店《みせ》で僕らは夏のプランに熱中していた。

そこは通りに面した部分がすべてガラスになっていて、乗りつけた車を中から眺めるようになっていた。僕のゴルフは去年は確かに流行ったが今はそうでもない。それよりも塩田《しおた》の青いアウディの方が、外車が並ぶその中でもひときわ目立った。

その塩田ははなから海外《そと》へ行くことに決めていた。

「圭子が言ってたけどよ、セイシェルズってやっぱりいいんだってよ。日本人の観光客もあんまり来ないしよ、最高だってよ」

「だけどよお、セイシェルズってやっぱり高価《たか》いぜ。グアムやハワイに比べるとよォ。オレ、バイトの金そんなに貯まってない。親から借りると、スキーに行く時つらいからな」

「古池《こいけ》んちの軽井沢、使えるんだろ?」

「それが今年はわかんねえんだよな。ほら、姉貴がよ、腹をパンパンにふくらましてうちに帰ってきてるだろ。初孫なもんで、オヤジとオフクロが大騒ぎでよ、クーラーはよくないから夏じゅう軽井沢へ行ってろって毎日言ってんだ」

僕たちの声は少し大きかったらしく、隣りの席にいた二人連れの中年のサラリーマンは、はっきりとわかるほど顔をしかめた。やつらは気にさわるのだ。けれどもこんな時、さらに声を高めるのが僕たちの習慣だった。

「古池んとこが駄目なら、借りたっていいじゃんかよ。軽井沢なら女の子も喜ぶしさ。ダサいのでよけりゃ、車で拾えばいいんだしさ」

僕らはいっせいに低く笑った。

男たちは腹立たしげにこちらを睨んだ。その時、僕はさらにはずみをつけようとこんなことを言ったのだ。

「ヤチオミはあいてるぜ。夏じゅう、ずっと」

それはあまり成功しなかった。

「あそこかあ……」

みなの顔ににが笑いがうかんだ。

「あそこ、何もないんだもんねえ」

マサミという美大の学生だった。いつも僕たちと一緒にいるために、かえって女の子の頭数に入らないようなところがあった（彼女の名前も、僕は漢字ではしらない）。

「海があるじゃんか。すいてるきれいな海がさあ……」

僕がヤチオミを弁護したのは初めてだった。僕はいつでもみなと一緒になって、そこがどれほどつまらないところかこぼしていたのだ。

「人がいない海なんてさ」

「何かあそこ、海水浴場っていうより、漁師町って感じじゃん。へんにサカナくさくってさあ」

みなは夏に向かって、特別のことをしたがっていた。

「やっぱハワイだっていいじゃん。奥の方へ行けば人も少ないしさ」

「マンション借りるのって安いんだってな。自炊もできて得だってよ。ほら、うちのクラスの野中が春に行ってきて……」

さまざまな提案がごったがえす中、僕は不意に決めたのだ。一人でヤチオミに行くことに。

何をしようと考えていたわけではない。ただ二十歳の夏を一人ですごしてもいいとぼんやりと思ったのだ。もっと正直にいうと、すごすことができる僕の姿を、人に見てもらいたかったのかもしれない。それは明彦もまだ一度もしたことがないことだろうし、女がたえず傍にいる父はもちろんのことだ。

六本木の高速道路の上から、雲ははっきりと入道雲をかたちづくり、六月のおわりの東京は気の早い人々に夏をせかさせていた。

僕は誰にも会わずに、この夏を一人で生きていけそうな気がした。

ヤチオミの隣りには、漁師をしていた老夫婦の家があった。

三十すぎの息子は近くの町役場に勤めていて、早起きをすると自転車で家を出ていく彼の姿が見えた。彼のまだ若いお嫁さんは働き者らしく、家のまわりにキュウリやトマトを育てていて、その畑の前から夫に手を振る。

父はこの家と契約していて、頼むと食事の世話や掃除をやってくれることになっていたが、僕は夕食だけを届けてもらって、あとは自分でつくることにした。

隣家の女たちは、それを知ると、庭で穫《と》れたもぎたての野菜を毎日のように持ってきてくれるのだった。僕はそれを乱暴に切って、塩をかけて食べた。少しこげたぐらいのトーストを食べると、野菜のみずみずしさは舌にしみるようで僕は少しも飽きなかった。

僕は僕自身に少しばかり感動していた。

たった一人で海辺に暮らすなどということは、三日ももたないだろうと思っていたのに、結構ここが気に入ってしまったのだ。

そのつもりだったのに、僕の自堕落《じだらく》は長続きしなかった。次第に僕は決まった時間に起きるようになったばかりでなく、散歩という習慣までつくり出すようになったのだ。僕は退屈を怖れて、東京から山のようなレコードとビデオを積んできていたのだが、それにもあまり触れていない。ただ海を見ているのがやたらおもしろかった。

特に好きなのが夕暮れだった。冬や秋のそれは「落日」という名が似合うもの哀《がな》しさを持っているのに、夏は陽が落ちてからも、もういちど新しい時が始まるような華やかさに満ちている。

僕は地元の子たちが引き上げる頃、ひとりで海に入ることもあった。空は赤と紺のしま模様を持ちはじめ、僕の影は長く砂に焼きつけられた。水は十分温められていて、少しせわしくなる波さえなければ、まるで湯あみをするようなやさしささえあった。

五日めの夕暮れだった。福田《ふくだ》マサミが不意に僕の前に姿をあらわしたのだ。マサミは流行の、黒いひきずるようなワンピースを着ていて、それは小柄な彼女にあまり似合っているとは思えなかった。美大で油絵を専攻しているマサミは、デカダン的ムードを自分に強いているところがあったが、それはいつもあまり成功していなかったといっていい。

「バスから降りてずいぶん歩くのね。車で来る時はわからなかったけど」

彼女は非難がましい口調でまず言った。

「ここは、車がなければ無理だよ」

「そうね、車を持っていない人が別荘持つはずがないものね。歩いてくる人間のことなんか考えるはずないわ」

彼女が不機嫌《ふきげん》なのはあきらかだった。

「石浜たちと軽井沢へ行かなかったのかい」

彼女は石浜の恋人ということになっていたが、それはグループに参加するための便宜上といったもので、はっきりとしたステディというわけではない。僕はそれを石浜自身の口からきいたことがある。

「下村《しもむら》君こそ、優子とどうしちゃったの」

意地の悪い笑いをうかべたところをみると、もう噂は聞いているに違いないのだ。

「下村君が単独行動をとるって聞いた時、私、優子と二人っきりになりたいんだなと思ってたけど……」

「そんなことはないよ」

優子は僕との決定的な別れをはぐらかすように、女子大主催のヨーロッパツアーに旅立っていた。彼女とのこととヤチオミに来たことは全く関係ないといったら嘘になるが、そんなことをマサミに悟られるのは嫌だった。

「石浜とケンカをしたんだろ」

僕とマサミは、答えは全く言わないまま、お互いの傷をいじるような質問ばかりしていた。

「ま、いいわよ。そんなことどうだって。誰がくっついて離れようと誰にも迷惑《めいわく》がかかるわけじゃなし」

彼女はそう言って爪《つめ》を噛《か》んだ。そうすると上目づかいになった彼女の目は鋭く齢不相応な輝きをもった。そして彼女はそのことを十分知りぬいていて、努力した結果完全に自分の癖《くせ》にすることができたのに違いないのだ。

「今日泊めてくれる?」

「いいよ、部屋はいくらでもあるから」

僕はさりげなく答えた。

「明日になったら帰るわ。でも今日はダメなの」

マサミは黒いコーティングバッグを持ってきていた。それは一泊にしてはあまりにも大きすぎる。たぶん軽井沢に行く途中で何かが起こり、彼女はそのままここに来たに違いなかった。

隣家のお嫁さんが自分でおろした刺身を、マサミは猫のように舌を鳴らして食べた。

「おいしい。東京で食べるのなんかよりずっとおいしい」

彼女は肩をむき出しにした黒いTシャツに着替えていたが、こっちの方がずっとよかった。彼女は煙草《たばこ》とダイエットの結果、みごとに痩せていたが、胸だけが借りもののように若々しい隆起を見せていた。

「ビールをやめて、ワインにするかい。地下に行ってなんか選んでくるよ」

「いらない」

マサミはかぶりを振った。

「どうせ私になんかわからないもん。ふだん飲み慣れている人じゃないと、いいワインもったいないわ」

こういう言い方には慣れていた。別にひがんで言っているわけではない。僕たちのグループの中で彼女だけが東京生まれではなかったのだ。もう一人塩田という九州出身の男がいたが、彼は大金持ちの材木屋の息子で、中学から東京の付属へ出ていたから、「地方出身」というのとはちょっと違うだろう。

マサミは長野県の教師の娘だそうで、いくらそれらしくふるまっていても、必死で僕たちについてこようとするところがあった。それが石浜をして、

「疲れちゃうんだよなあ」

と言わせる原因なのに、彼女はまだ気づいていないようだ。

「下村君、こんなにいいお酒じゃなくていいからさ、もっとがぶがぶ飲めるのない？」

「ウィスキーはそこに置いてあるだけ。親父の好きなやつばっかりだから」

「ふぅーん」

彼女は肘《ひじ》をついたまま、めんどうくさそうにグラスに氷を落としている。彼女は酒

豪を気取っていたが、実はそう強くはない。そんな彼女と、さっき、

「洗い物はまかせといて。私のアパートの台所はピッカピカなのよ。本当だから」

と腕まくりをするふりをした彼女とを見たとしても、そう混乱することはない。どちら側を演じていいのか、自分でも迷ってしまうに違いないのだ。

マサミは膝《ひざ》を抱くようにしてウィスキーをすすっている。少し荒れた長い髪が顔をおおっているのはそれはそれで風情があった。石浜程度の男なら、最初はちょっとまいったかもしれない。

「軽井沢には本当に行かないのかよ」

もう一度僕は尋ねてみた。

「私、もう信じられないわよ」

驚いたことにマサミは泣いているらしかった。

「私、待ち合わせの場所に行ったのね。石浜君に塩田君、古池君、……咲子が来るのはもちろん知ってたわ。私、あの人とみなが思ってるほど仲悪くないわよ。男癖が悪いのにはちょっとついていけないけど……」

マサミはちらっと僕の方を見た。咲子は今のところ古池が夢中になっているらしいが、その前は相手をきちんと決める風でもなく、誘われれば断らないことで有名だっ

た。

「それに慶應の工藤《くどう》さんが来てたわ。ほら、塩田君がこの頃よくつれ歩いてるコ。ショートカットのやたら気取ってるコよ。それはまあいいとして、山岸が来てたのよ。山岸が」

マサミが山岸と呼び捨てにしたのは、工藤幸江《ゆきえ》の同級生だ。学生ゴルフトーナメントでベスト8だかに入賞したことがあるという彼女は、知り合った春の頃からすでにこんがりと日に焼けていて、マサミがいないところでは石浜はかなり公然とふるまっていたものだ。

「ね、信じられる？　私たちみんなカップルで来てるのよ。それなのに山岸っていけシャアシャアと、幸江がどうしても一緒に来て、って言ったからなんて言ってるの。もっと信じられないことによ、さあ出発ってことになったら、平気で石浜君のアウディの助手席に座ろうとするの、私、もう何もかも嫌《いや》になっちゃったわ」

彼女は素顔のように見えたが、目の化粧だけはしていたらしい。マスカラが溶けて黒いしずくをつくっている。

「ね、下村君は知ってるわよね。私と石浜君って半年以上もうまくいってたのよ。石浜君って付属から来た似たようなつまんない女の子しかつき合ったことないのよ。だから私みたいなタイプ初めてだってよく言ってたのよ」

実のところ、僕は彼女の話を苦笑に近い気持ちで聞いていた。マサミが同い齢《どし》のことや、その世界に先週まで自分がいたことはにわかには信じられない思いだった。

「それでそのまま帰ってきたわけだな」

マサミはこっくりとうなずいた。

僕は彼女が初めて見せる素直さに心をうたれていた。いつのまにか彼女の頭の後ろの背もたれに腕をまわしていたのだ。そしてもうひとつの手で彼女の髪をひとつかみ握る。少しばかり湿った彼女の髪は思ったより荒れていて、先の方は赤茶けていた。

「髪の毛いたんでるでしょ」

僕の指は撫《な》でるように動いていたらしい。マサミは恥ずかしげに目を伏せた。

「東京に来てからこうなったの。長野にいた時は真黒で艶々《つやつや》してたんだけど……。きっと空気が合わないのね」

それはまるでマサミ自身のようだと僕は思い、肩の髪をもう一度指で撚《よ》るようになでた。

「やさしいのね。下村君って……」

マサミの声はいっそう幼げになり、僕は舌うちしたいような思いにかられながら、彼女の唇に自分のそれをおしあてた。唇が離れるより前に、マサミは僕の手をとり自分の胸へ導いた。想像以上の大きさとやわらかさで、僕は彼女がそれをかなり自慢に思っていることがとっさにわかった。

「する?」

マサミはそれを言うために唇を離した。

「どっちでもいい」

それは本当だった。波音が遠く聞こえるこの家で、若い女の肉体はかなりの存在をもって僕の前にあったが、僕のからだ自体はひどくものうげに別のことを考えていた。それはもちろん石浜のことではない。

「ここでもいいけどォ……。ベッドは二階だったよね」

マサミはもう一度僕に胸をまさぐらせた。

その時、不意に僕はなにかが中断されるような気がしたのだ。たった一人でこの海辺で暮らすこと。それをもう五日も続けてきたのだ。それを破る相手がマサミというのが僕はちょっと惜しい気がした。

「私さ、下村君にお願いがあるの」

マサミは僕の肩に腕をからませていた。そんなふうな姿勢の彼女を何度か僕は見たことがある。そう、青山のパブで相手は石浜だった。僕は彼女の次の言葉がなぜかぼんやり予想できた。

「私、お金貸してほしいの」

僕は全く驚かなかった。そのかわり返事もしなかった。

「二十万円。秋になったらすぐに返すわ」

僕たちが遊ぶ金というのは、たいていの場合男だけが割りカンにするか、機嫌《きげん》のいい誰《だれ》かが払ったりする。だからマサミに金があるかどうかということについて僕は全く無関心だった。着ているものは工藤幸江や山岸美知に較べると見劣りしたかもしれないが、マサミは例の美大生というイメージでうまくおおいかくしていたように思う。

「何に使うんだよ」

「あのね」

マサミはすばやく息をついで、それと同時に彼女の乳房も大きく揺れた。

「あの人たち、軽井沢から帰った後は、みなでサイパンへ行くっていうのよ。スキューバ・ダイビングをやるのよ。私も絶対に行きたいの。そうしなければ山岸に石浜君をとられちゃう」

マサミは僕の沈黙を怒りととったのか、あわてて言葉をつけ足した。

「下村君ってお金持ちだし、それにやさしいし……。私、他に頼める人がいないのよ」

マサミは自分の愚かしさに全く気づいていないようだった。僕はといえば、腹をたててもいいはずなのに、それよりもせつなさとおかしさがこみ上げてきた。つまり僕は彼女に同情してしまったらしいのだ。

「わかった。貸してやるよ。だけど明日の朝千葉の銀行まで行かなきゃならないぜ。キャッシュカードでおろしに行かなきゃ……ちょっと待てよ」

僕は立ち上がった。車をとばしても千葉まで一時間の遠出があらかじめわかっていたので、いくらか現金を持ってきていたのだった。上着のポケットを探すと、確かに十八万円が銀行の封筒に入っていた。それはサヨ子から手渡された隣家への払い分だった。これでまた彼女の僕への評判は悪くなるだろう。

僕の財布の中にも数枚の紙幣が入っていたので、二十万という金はたやすくできた。

「ありがとう。下村君、きっと私おみやげ買ってくるわ」

マサミは封筒をひらひらと扇子のようにあおった。小さな風が起こって、赤茶けた髪が横に揺れた。

「Tシャツを脱げよ」

僕は命令した。ビデオは「2001年宇宙の旅」の後半部分に入っていた。銀色の部屋が画面いっぱいにひろがっている。僕は部屋のスイッチを消した。それでちょうどいい明るさになった。

僕は立ったままコットンパンツを脱いだ。

こうすることが彼女をいちばん傷つけない方法のような気もしたし、あるかどうかわからない自分のやさしさを、他人に指摘されるのはもっと嫌だった。

とにかくその時の僕が、勃起《ぼっき》していたのは確かなことだ。

マサミは明け方に出ていったらしい。

ダイレクトメールの裏側に走り書きがしてあった。それはレタリングそっくりの字だった。

「夕べはいろいろありがとう。おかげでとても助かりました。アルバイトの分だけではとてもサイパンには行けなかったもの。私のことを悪いコだと思っているでしょうけど仕方ありません。夕べ渡そうと思っていたオミヤゲ置いときます。

じゃ、また新学期にね」

睡眠薬の瓶《びん》が置かれていた。

僕たちは以前、好奇心からマリファナを少しやっていたことがある。六本木の外人の多いディスコへ行くと、ときたままわってくることがあったのだ。それはごく一部の常連だけに限られていたし、量もわずかなものだった。煙草状のそれをはしゃいで吸っているうちに、顔見知りのモデルの女の子がマリファナ容疑で新聞にまで出てしまったのだ。それにおじけづいた僕たちは持っていたわずかな残りをトイレで流し、それからその店には近づかないようにした。

僕などはほんのお遊び程度だったので、どうということはなかったが、やたら残念がったのはマリファナに積極的だった石浜とマサミのカップルだった。かわりに比較的手に入りやすい睡眠薬を飲んでいるらしい。

僕はマサミが置いていったそれを、自分のベッドの脇の小さな戸棚にほうり込んでおいた。

ヤチオミに来て十日ほどたった。

何をするのにも飽きていたが、肝心の仲間たちは海の向こうへ旅立っていた。僕たちはふだん仲がいいというより、くっつきすぎるあまり、友人のスペアというものが全くない。だから電話ひとつで来る人間というのを思いつくことさえできないのだ。たまっていたビデオを見終ると、僕にはもうすることがなかった。

仕方なくその日も僕は浜辺に出てきていた。太陽はちょうど真上に来ていて、僕は浜べで寝そべる人が誰《だれ》でもそうするように目を閉じていた。それなのに太陽は執拗《しつよう》なまでに僕の目の中に侵入してきて、まぶたの奥にあざやかなオレンジ色の水玉をつくるのだ。

いつのまにか僕はまどろんでいたらしい。

隣家の幼女の声が、突然僕を揺さぶった。

「お兄ちゃん、車がこっちへ来るよ」

銀色に光る浜の上を、一台の車がまるで蜃気楼《しんきろう》のように姿をあらわした。それはゆっくりと僕たちの方へ向かってきた。

中に乗っていたのは明彦だった。

久しぶりに見る彼は、白いスポーツシャツの野暮《やぼ》ったさが、かえって一人前の医師らしい落ち着きを見せていた。眼鏡の奥にのぞく柔和さは、今までの彼にはなかったものだ。

「いやー、まいったよ。友だちの車を借りてきたんだけど、中古でエンジンの調子が悪い上に、この暑さにクーラー無しだよ」

明彦はハンカチで額の汗をぬぐった。

「元気か？」

僕はうなずいた。明彦の前にいると、昔から僕は自然と無口になっていくのだ。

「親父《おやじ》、今仕事で香港《ホンコン》へ行ってんだってな。サヨ子さんが教えてくれた。明彦さんも人並に夏ぐらいは海へ行きなさいってさ」

明彦は白い歯を出して笑ってみせた。僕はいつもと違う彼の饒舌《じょうぜつ》や、親父という時のつくりものめいた親愛の情を不自然なものに感じていた。それはたぶん、助手席に座っている女のせいだろう。

「ねえ、降りてこない。紹介します、弟ですよ」

女は白いノースリーブの服を着ていた。

「こちら、同じ病院で働いている杉山和子《すぎやまかずこ》さんだ」

「杉山です、はじめまして」

女は頭を下げた。肩までの髪は艶やかすぎて、小さな太陽の斑点《はんてん》をいくつもつくった。

ほっそりとした体つきの女だった。海を背景にしてみるとなおさらかよわく見える。家を見た時の彼女の反応は、他の誰とも違っていた。田舎《いなか》の松林の中に、このように大きく凝《こ》った家を建てた人間に対する冷笑を、彼女はうかべなかった。その力に対する追従笑《ついしょうわら》いや世辞もなかった。

ごく自然に、

「海に近くていいですこと」

とだけ言うと、静かに明彦の開けたドアに身をすべらせた。

瞬間、僕は困惑《こんわく》に似た感情を持った。彼女をこの家に入れてはいけないような気がしたのだ。

彼女なら、この家に漂っている恥知らずな空気をただちに感じとるだろうと僕はとっさに思った。

応接間には、わかりもしないくせに画家の高名さだけに魅《ひ》かれた父が買った百号の絵が飾ってあり、もちろん彼女の目にふれることはないだろうが、父の寝室には下品なまでに豪華なダブルベッドも置いてある。

そういうもののすべてが彼女にふさわしくなく、見せてはいけないもののような気がした。

和子の薄い肩や、夏なのに透けるような肌の白さが、僕にはこのうえなく清潔なものにうつったのだ。

裏口にまわり、砂のついた体をとりあえずタオルで拭《ふ》いていると明彦が入ってきた。

「なんか冷たいもんないか」

「冷蔵庫の中になんでもあるよ」

明彦はせわしなく音をたててコップを並べると、勢いよくコーラの栓を抜いた。

「一週間ぐらいいるつもりだ。思いきって休暇をとったよ」

「彼女もかい」

「ああ」

「彼女、医者なの」

「ううん、事務やってるんだ」

「すごく綺麗《きれい》な人だね」

コーラをつぐ音が途切《とぎ》れた。

「いずれ親父やお前にも話すつもりだったけど、彼女とおれ、婚約してるんだ」

僕は思わず明彦から視線をはずした。

背だけがむやみと高く、貧弱なからだを持つ明彦が女を恋したり、恋愛をしたり、女から愛されるという事実が、まず僕を不愉快にした。考えてみると、女を抱いたりする行為は、兄弟の中で僕だけが得ている特権のように長いこと僕は思っていたに違いないのだ。

「ま、金が無いサラリーマン医者だから、結婚は来年ぐらい地味にやるさ」

明彦はそう言いながら、瓶に残っているコーラを音をたてて飲みほした。そんな動作も、今までの明彦にはないものだった。


明彦は彼本来の生まじめさによるものか、それとも僕への照れなのか、和子に対しての態度を崩そうとはしなかった。

部屋も別々にして、時おり二人で散歩に出かける以外は、明彦はたいてい涼しいベランダで本を読んでいた。

僕はますます浜にいることが多くなった。夏の陽ざしの中に身をおくことはすっかり習慣になっていて、昼間部屋の中にいると窒息しそうな気になるのだ。

いつものように目を閉じて横たわっていた僕は、ふと気配を感じて顔をあげた。思いがけないほど近くに、和子の顔があった。

「ふふ、驚かせようと思ったのに」

僕はあいまいな笑いをうかべた。早く立ち去ってくれればいいと思う僕の気持ちに反して、和子はごく当然のように僕の隣りに腰かけた。

彼女は薄手のワンピースを着ていたが、砂がつくことを厭《いと》うふうでもなかった。僕は仕方なく、足元の砂をすくい始めた。

「ヤチオミっていいところね」

「そうかなあ。僕の友だちはみんな言いますよ。何もないつまらないところだって」

「あら、海があるじゃないの」

「確かに海はあるけど、別に景色のいい海でもないって……」

「海はどんな海でもいいわ。私、東京の下町生まれなの。だから海を見るとそれだけで嬉《うれ》しくって」

和子は海の方を見つめていたので、僕に横顔を許していた。それで僕は彼女が驚くほど長いまつ毛をしていることをすばやく見てとった。

「下村先生がここに連れて来てくださるって言った時、私本当に嬉しかったわ。海の見えるところで、一週間も何もしないで過ごすなんて、こんなに贅沢《ぜいたく》なことはないもの」

ほんのわずかな沈黙が続いた。

「兄貴《あにき》は何してますか」

僕はこの質問を最初にしなければいけなかったことに気づいた。

「あいかわらず本ばかり読んでいるわ。私なんかと海へ行くより、本を読んでいる方がいいんですって……。でも本当に仲のいいご兄弟ね」

和子の口調から皮肉は感じられなかった。

「いや、めったに会うことも、話すこともない兄弟ですよ」

「でも下村先生は、よくあなたのことを話すわ」

「何て」

つい僕はつり込まれて聞いてしまった。

「あいつはとてもさみしい奴《やつ》だって」

再び波の音しか聞こえなくなった。僕はといえば、不快感の中で次の言葉を探し出そうと骨をおっていた。ややあって僕は言った。

「兄貴は偉いやつですよ。家を出て一人でちゃんとやっている。僕は親父の寄生虫だから」

「それはあなたのやさしさよ」

和子ははっきりした声で言った。

「会ったばかりなのに、僕のことをよく知っているような口ぶりだ」

僕は深いところに自信をもって切り込んでくるような彼女のやり方に、いくらか腹立たしさを感じ始めていた。

「私ね、あなたと会う前、少し不安だったの。学生のくせにゴルフがヒトケタで、白い外車を持っている人。こんなことしかあなたに対する知識はなかったわ。でも海岸で初めてあなたを見た時、私、すぐにあなただってわかったの。あなたとちっちゃな女の子が海を背にしていた光景。とても綺麗で可愛《かわい》かった。

その時、私すぐにあなたのことがわかったの。とてもやさしい人だって」

僕はだんだん彼女のこうした口調にいらいらしてきはじめた。しかし、それをさえぎったり、その場を立ち去ったりすることは、なぜかとうていできそうもなかった。

僕の沈黙が長すぎたのだろうか。和子は勢いをつけて立ち上がった。

サンダルを脱ぐ。青いきゃしゃな紐《ひも》がついているやつだ。それを浜辺にほうる。

彼女は不意に投げつけるような微笑を僕におくった。それは僕を茫然《ぼうぜん》とさせるのに十分だった。

彼女は海に向かって歩き出して、そのまま水の中に入っていった。青いワンピースの裾《すそ》をたくしあげると、白く形のよい足が見えた。それは水に濡《ぬ》れて少し頼りなく太陽の光をうけていた。

「ねえー、泳がないのォ。泳ぎなさいよ。私、あなたの泳ぐとこ見たいわ」

思いもかけない波が来たらしく、和子は派手な悲鳴をあげた。それが挑発《ちょうはつ》でなくて何だっただろう。彼女は婚約者の弟という鉄かせをはめられた僕のまわりを、裸で飛ぶ水鳥のようだった。僕はなすすべもなく、砂を握ったりもどしたりしていたはずだ。

「私、もう我慢できないわ。夕方、町まで水着を買いに行くわー」

和子は手のひらに、あふれるほどの水をすくいながら叫んだ。


ヤチオミから出るのは久しぶりだった。僕らはその日の夕刻、和子の買い物と食事のために町へ出かけることにしたのだ。

「毎晩、魚ばかりじゃ飽きたでしょう。たまにはうまい肉でも食いましょうや」

「あら、私お魚大好きよ。ここに来てから新鮮なお魚をいただけるんでとっても嬉しいわ」

運転する明彦の隣りに座っている和子を、僕は真うしろの座席から見ていた。髪をひとつにたばねているので、まだ白いうなじが見えた。それと昼間見せた青白い足とが同じ皮膚でつながっているという考えは、僕は持ったりしてはいけないのだ。それにしても、僕といる時の和子と、明彦の傍にいる時の和子とは全く別人のようだった。それを僕は次第に都合のいいように解釈しつつある。

トンネルをくぐると、夕闇《ゆうやみ》にネオンの色が重なり始めていた。この町は大きな海水浴場があることで知られているが、今では東京のベッドタウンといった方がとおりが早い。駅前のアーケードあたりは、すでに地方都市の無個性が漂っている。

「さて、どうするかな……」

明彦はシャッターが降りた銀行の脇《わき》に車を止めた。

「あなた買い物早い方ですか」

「日本女性の平均じゃないかしら」

和子はクスッと笑っていった。

「じゃあおそれいりますが、その平均時間をくり上げて水着を買ってきていただけますか。僕らここで待っていますから」

「わかりました。新記録をつくりますわ」

和子も気取っていう。

彼女の白いスカートが商店街の角に消えた時、明彦は煙草をくわえた。その時彼が深いため息をもらしたのを僕は見逃さなかった。それはいかにも疲労に満ちていた。

「可愛い人じゃないか」

和子は二十三歳だったが、僕はこんな言い方をした。

「ああ、いい娘だよ」

それっきり明彦は黙った。煙草の煙はじんわりと車の中に流れ始めた。

「愛してるんだろ」

僕は我慢できなくなって、この途方もなく陳腐《ちんぷ》な言葉を吐いた。

「ああ、もちろんだよ」

明彦は言った。


車は海岸沿いの道を走っていた。ヘッドライトが時たま月見草をうかびあがらせる。海は音だけが響く黒いかたまりのようになっていた。

けれども僕たちは肉をたらふく食べた後の、陽気な気分に満たされていた。ラジオからは夏向けの歌謡曲が次から次へと流れ、明彦でさえさっきとはうってかわって、軽い冗談をふたつみっつ言ったりしたのだ。


和子はそのたびに声をたてて笑う。僕は今まで、彼女ほど美しい笑い声をたてる女を見たことがなかった。文字どおりころころと珠《たま》をころがすような笑い声だ。

「もうすぐよね。あの岬《みさき》をまわると海岸の北の方に出て、ヤチオミよね。楽しみだわ。明日はこの水着で泳げるんですもの」

「僕もあなた以上に楽しみですよ」

「嫌ですわ」

和子はまた笑った。彼女が明彦に語りかける時、芝居のセリフをよどみなく喋《しゃべ》っているような流暢《りゅうちょう》さをすでに僕は見抜いている。しかし笑い声だけは僕も認めざるを得ない。

「しかしあなたは本当に海が好きだなあ」

「ええ、毎日でも見ていたいぐらい」

「このぶんじゃ家は湘南にしてくれとか言い出すんじゃないでしょうね。言っておきますけど当分は、西新宿のあの公舎ですからね」

「覚悟してますわ」

婚約者たちのそんな会話を、僕は後ろのシートにもたれて聞いていた。僕の頭の中には、あの夏の夜、裸足《はだし》でとび出していった、明彦の顔が何度もうかぶ。

彼のフィアンセは、本当に明彦のことを愛しているんだろうか。

車のスピードが急に落ちた。いくつかのあかりが揺れているのが見える。

「しまった。検問だ」

明彦がうろたえた声を出した。さっきステーキを食べた時、彼は中ジョッキ一杯の生ビールを飲んだのだ。

「大じょうぶだよ。もうとっくにさめてるよ」

僕は声をかけた。闇《やみ》の中で中年の警官が、まるで体操のような格好で懐中電灯をふりまわしている。

「免許証を」

彼らは車の中を不遠慮にのぞき込んだ。

「どこまで行くんですか。こっちは何もないでしょう」

「ヤチオミへ行くんですよ」

「へえー、魚つりですか」

「いいえ、別荘があるんです」

こう答えたのは和子だった。

「へえー、ヤチオミに。もうちょっと西にして勝浦《かつうら》にでもすればよかったのに」

「はい、どうもありがとう」

免許証を返した人のよさそうな警官に、僕は声をかけた。

「何があったんですか」

「いやね、すぐその先で若い女の子二人が、車で来た四人連れの男に襲《おそ》われたんですよ。あなたたちも十分気をつけてくださいよ」

レシーバーがその時なにかをがなりたてて、それを機《しお》に明彦はアクセルを踏んだ。車は再びぬめぬめした夜の海を右に見ながら走り出した。

「嫌だわ、私」

不意に和子が叫んだ。

「そんな、暴行だなんて、怖いわ」

この言葉に明彦はうろたえ、僕は鼻白んだ。

「平気ですよ。戸締《とじま》りをちゃんとしておけば。女の子たちはおおかた、ふらふら歩いていたんでしょう。それさえしなければどうということもない」

明彦はしきりになだめるように言う。

「でも暴行だなんて——。私、もしそんなことをされたら絶対に死ぬわ。本当に死んでしまうわ」

だったら死ぬがいいさ、僕は声に出さずつぶやいた。和子の潔癖《けっぺき》さは明彦に対する媚《こ》びとしか思えなかったし、そういうことをぬけぬけという女が僕は昔から嫌《きら》いだった。

「そんなふうに言わないで、機嫌《きげん》直してくださいよ。チェッ、へんなことに出会っちゃったな」

おろかな明彦はまだそんなことを言っている。

車が家の前に止まった。明彦はガレージに入れるために車をバックさせようとした。慣れないせいかうまくいかない。とろとろと車が動き出した時だ。白い人影が走るように近寄ってきた。隣家のお嫁さんだ。

「ああ、よかった、帰ってきて」

ムームーのような寝巻きを着た彼女はわめくように叫んだ。

「どうしたんですか」

明彦はすでに何かを悟って、窓をすばやく開けた。

「すぐ病院に電話してくださいって。さっき東京のおたくからうちに連絡があったんです。何度電話しても出ないって……。でもよかったあ、帰ってきて。私、どこかへ泊まったらどうしようと思って……」

責任を果した安堵《あんど》感《かん》からか、ぺらぺら喋る彼女の言葉を、明彦は最後まで聞いていなかった。

「利彦、あと頼む」

車庫に入れかけた車をそのままに、明彦はドアからはじかれたようにとび出した。玄関まで走っていく彼の背中がライトにうかんだ。

「大変だなあ、兄貴も」

　僕はのろのろと運転席に座り、ギヤを入れた。和子は黙って正面を見ていた。たちまち不機嫌になっているのがすぐにわかった。

「大変ですね、あなたも」

　不思議なことに、僕は次第に快活さをとりもどしている。

「覚悟してますから」

　和子は冷たく言った。

　玄関を開けた時、電話はちょうど切られるところだった。受話器を押すように置きながら、明彦は僕たちを見た。

「僕はこれからすぐに帰る。利彦、車を貸してくれ」

「いいよ」

「池田さんがどうも悪いらしい。もう家族もよばれたそうだ」

「まあ」

　和子はいかにも驚いたふうに言った。

「あなたはここにいてください。僕は用事が終り次第帰ってきますよ。とにかく東京から電話します」

そして明彦は僕の方を見て言った。

「利彦、頼んだぞ」

「ああ」

僕はつまらなそうに答えた。

和子はついに、

「私も一緒に帰ります」

とは言わなかった。そしてそれがかなり僕を満足させていたのだ。

町で買ってきた巨峰はちょうど食べ頃《ごろ》だった。冷蔵庫で冷やしたそれを、僕は浜辺で食べることを思いついた。明彦が東京へ帰った次の日のことだった。

砂は焼けるほど熱くなっていて、葡萄《ぶどう》はその上に水滴をやたら落とした。大きなひと粒を口の中に入れ、くるくると舌でまわしていた。黒い水着を着た和子が近づいてくるのに気づいていたが、僕はそれに気をとられているふりをした。

「私にもちょうだい」

和子は言った。

「いいですよ」

僕は房ごとさし出した。まだ陽に焼けていない和子の肌の白さはまぶしく、黒の水着を選んだことにさえ僕はいらついていた。

「おいしい」

和子は続けざま三つの粒を口にした。皮と吐き出した種で右手の指の間から紫色の汁が流れている。

「兄貴が行っちゃって淋《さび》しいでしょう」

僕は意地悪く聞こえないように骨をおった。

「淋しいわ、とっても」

といいながら和子は葡萄をほおばる。

「ねえ、兄貴のどんなところが好きになったの」

「いっぱいありすぎて答えられないわ」

和子は僕のそのテにはのらなかった。そうする間にも、ふたつ、みっつとまた葡萄を口にする。紫の果汁は指ばかりでなく、彼女の顎《あご》も汚《よご》していく。よく見ると彼女は化粧を全くしていなかった。彼女の肌の白さは化粧によるものだと僕は思っていたのだが、頬《ほお》のうぶ毛が金色に陽《ひ》ざしに反射しているのが見える。それに明彦はもう触れたと考えることは、少なからず僕を息苦しくさせた。

明彦はこの素顔の美しい女と一生暮らすのだ。二人はきっとつつましいけれど幸せな家庭をつくり、年に何度かは友だちの車を借りて海に出かけるだろう。もちろんヤチオミではない他の海だ。明彦は親父や僕と違ってヤチオミなど必要としない人間なのだ。

その時、和子のむきだしの肩がゆっくりと動き出した。指で砂を掘っている。小さな深い穴だ。

「何をしているの」

僕は尋ねた。

「葡萄のお墓をつくっているの」

左手に握りしめていた巨峰の皮と種を和子はその中に埋めた。

「ただゴミを捨てているだけじゃないですか」

彼女のこういうもの言いが、最初から僕は気にかかっているのだ。

「違うわ。綺麗なものが消える時は必ずお墓がいるのよ」

太陽はまだ真上にあって、僕はその時、明彦の死んだ母や、そして僕自身、そして父の墓が、ゆっくりと僕の目の前を通りすぎるのを見た。「和子の墓」というのが、なかでもいちばん魅惑的《みわくてき》だった。

和子はあまりものを食べない。

ほんのわずかな食物を、いやいやするように口に運ぶ。だから彼女と二人きりの食卓は、つい彼女に気をとられて僕はナイフを落としたりしてしまうのだ。

その日の献立は、隣家のお嫁さんがつくってくれたアジのフライだった。かっきり七時になった時、

「利彦さーん、利彦さーん」

と彼女の大きな声がして、ほかほかと湯気が立つ皿も同時に運び込まれたのだ。フライはこんがりと揚がっていて、それに添えられたキャベツもたっぷりと新鮮だった。それなのに和子はほんの少し口にしただけでナイフとフォークを十字架のように置いた。

「少し熱があるみたいだわ」

彼女は髪をかきわけるようにして僕の方を向いた。

「太陽にあたりすぎたみたい」

実際、和子の白すぎる肌《はだ》はほてりを持って苦し気だった。

「私ってダメね」

不意に和子は笑った。

「これじゃあお医者さんのお嫁さんになれないわ。もりもり食べて、うんと働くお嫁さん。明彦さんと約束してるのに、私って好き嫌いが多すぎるのね」

「果物でも食べたらどう」

彼女のこういう言葉は、気にすまいと思うほど僕を息苦しくさせるのだ。僕は冷蔵庫からパパイヤをひとつ選んで持ってきた。こういう果物はヤチオミでは絶対に売っていない。これは昨日町のスーパーで買ったものだ。

それはよく熟れていて、包丁で切ると汁がいやらしいほど飛び出した。僕は無造作に半分に割り、和子に差し出した。

「あ」

という声と、和子の顔がみるみる青ざめたのが同時だった。

「種が……、種がダメなの。とってくださる」

そう言われてみるとパパイヤの種は灰色がかった黒で、生命を持ったたくさんの虫たちが息をひそめているようにも見えた。僕はスプーンでていねいに種をとり除いてやった。その間、和子はうつむくようにテーブルクロスの端を見つめていた。あの長いまつ毛を再び僕は見た。それとパパイヤの中にいた、無数の虫たち——。

突然僕の中に、虫がのり移った。それは羽音をたてて動き出したのだ。僕は和子の手を握った。和子は抗《あらが》おうとしなかった。彼女の手もまた夜光虫のようにひっそりと冷たかった。僕は彼女の唇もまたそれと同じように冷たいか、どうしても知りたくなった。たぶん僕は彼女の顔に近づいていったのだろう。

僕の頰が軽く鳴った。僕の目の前に、いきいきと腹を立てている和子の顔があった。

「みっともないことおやめなさいよ」

彼女の声にはいつのまにかりんとした響きさえ生まれていた。

「私はあなたのお兄さんのフィアンセなのよ」

その時、みじめさと怒りが同時におしよせてきて、しばらく僕は何も見えなくなったほどだ。

「畜生」

僕は思った。和子は僕を罠《わな》にかけたのだ。パパイヤの種に少女のようにおびえて見せた。それが罠でなくて何だっただろうか。

和子はワンピースの衿《えり》をかき合わせるようにして立ち上がった。

「私、もう部屋《へや》に行かせていただくわ。明日いちばんの列車で帰ります。もちろん明彦さんには言わないわ。あなたを許してあげる」

僕にもう少し勇気があったら、その場で彼女を犯していたに違いない。しかしこの勝負はあきらかに彼女の勝だった。静かに僕をにらんでいる彼女は、すでに明彦の妻という光を発しているかのようだった。

「あら」

その時彼女が言った。

「車が入ってきたわ」

僕のうしろ、和子の目の前には、玄関脇《げんかんわき》の出窓が夜空をのぞかせていたが、それは車のヘッドライトで赤く染まっていた。

僕は窓から身を乗り出した。父の白いベンツがガレージに入ろうとするところだった。会社の運転手は乗っておらず、父ひとりが運転していた。

「親父ですよ」

僕が振り返った時、情勢はあきらかに逆転していた。和子はあのパパイヤの種におびえた時と全く同じ表情をしている。おそらく明彦から、さまざまなことを聞いていたに違いなかった。

「こうしましょうや」

僕は言った。

「あなた、僕のガールフレンドということにしておきましょう。その方がどちらも気を使わなくていい」

和子は深くうなずいた。

「来ていたのか、利彦」

大声と共に父はドアを開けた。その陽気な騒がしさは、またもや和子を少し怖がらせたようだった。

「成田からまっすぐに来たんだよ。あー、暑い、暑い。香港も暑いけど、日本も暑い」

父は麻のジャケットを脱ぎながら、「おや」という感じで和子を見た。しかしそれは実にまずい演技だった。なぜなら父の視線は、玄関に入ってきた時から、迎えに出た和子にしばしばあてられていたからだった。

「こちら、杉山和子さん。友だちなんだ」

「ほほう、綺麗なお嬢さんだ」

父は和子をしっかりと眺めるきっかけをつかんだ後は、もう遠慮することはなかった。

「ちょっと利彦にはもったいないなあ。いや、お前がこんな素晴らしいお嬢さんとすごしてるんだったら、気まぐれ起こしてこっちに来るんじゃなかった。やあ、悪いことをした」

「いやですわ」

和子は赤くなって顔を伏せた。驚いたことに、彼女の表情からはまたたくまにたじろぎが消えているではないか。

「本当はもう一人来るはずだったんだよ」

僕は和子の顔を見ないようにして言った。

「まあ、一杯やりましょう。杉山さん、あなた、いけるんでしょ」

「ええ……でも」

和子は口元にあいまいな微笑をうかべた。それは父の前で女たちがよく見せる表情だ。

父の上機嫌は続いていて、地下のワイン庫へ行ってビィンテージものの赤を選び出したりした。

「この頃の香港はいったいどうしたんだろう」

父はコルクを注意深く抜いた。

「いいものが確かに姿を消し始めてるんだよ。返還を前に誰かが国外に運び出してるのかもしれないな。ワインにしたって、中の下しかもうホテルにはない。全く腹の立つ話だよ。さあ、一杯いきましょう」

赤い液体がまず和子にそそがれた。

「杉山さんの美しさと若さに乾杯」

「乾杯」

グラスを目まであげて、それごしに僕は和子を見つめた。彼女は余裕をとりもどしていて、父の言葉に深い微笑をつくったりしている。和子の歯を見せない笑いはなだらかな半月をつくり、そのなまめかしいといっていいほどの唇は、他のもの、たとえばパーマっ気のない髪だとか素肌《すはだ》と全くつり合わなかった。ガラスを透した和子は少しゆがんでさえみえる。

「次はウィスキーにしようか……利彦、なにか冷蔵庫にないか」

「チーズが少しあるよ。でもカマンベールじゃない。ここらへんのスーパーで買ってきたやつだから……」

「構わないよ」

僕は台所でナイフを使いながら、少し腹を立てていた。僕が席を立つ時も、和子はものうげな顔をこちらへ向けただけだ。

「気のきかない女だ」

おまけに、居間の方からは笑い声さえする。

「いや、本当なんです、本当なんですったら。私はハワイへはしょっちゅう行ってますがね、白人の女の太りぐあいといったら、ため息が出るほどです。太ももからの足が三角錐《さんかくすい》になってるんです。それがいいホテルへ行くほどその三角錐は大きくなる。金持ちのアメリカのおばちゃんたちがいますからな。プールサイドで彼女たちに隣りに寝そべられたら、こりゃ、もう恐怖ですよ」

父は和子のあの笑い声を聞きたがっているようだった。

「杉本さんは、一度も外国へ行ったことがない？　そりゃまたどうして。あなたのような若い女性にしちゃ珍しい」

「ひまとお金がありませんもの。それに私、小さな旅が好きなんです」

「ほう」

「私、よくリュックをしょっていろんなところへ行くんです。観光客がそっぽを向くような、ふつうのつまらない山や高原です。そういうところに限って、珍しい鳥や花があるんですね。私、そういうもの見つけるの敏感なんです。お金が無い分だけ、そういう感覚が発達してるみたいですね」

「ほう、そりゃ、いい話だ」

父はあきらかに彼女をからかっている。それなのに和子は、おろかにもストイシズムで対抗しようとしているのだ。

「私、みんなにも変わっているっていわれるんですけど、ふつうの女性が好むものにあまり興味がありませんの。趣味といったら休日の山歩きなんですよ」

それは明彦と同じだった。しかし、父は全く気づいていない。

「なんか宝のもちぐされのような気がしますな。僕は若い女性がキャッキャッやっているのを見るのがわりと好きなんですわ」

「そう、そういう女性、私のまわりにもいっぱいいますわ。でも私は私ですもの」

和子は誇らかに言ってみせた。父は薄い笑いをうかべている。

「人に何を言われようと、当分、私はこの流儀をとおそうと思ってますの」

僕は彼女への激しい憎しみで、ほとんど目がくらみそうになった。

ひたむきさを見せつけることが、男への媚びになってしまう女がいる。和子はそうした女だった。

「あの、申しわけございませんけど……」

和子はまたたくまに暗い表情をつくって言った。

「ひどく頭痛がしますの。お先にやすませてもらってよろしいでしょうか」

「それはいけない」

父は大げさに言った。

「疲れているところを、おひきとめしてすいませんでしたな」

「いいえ、日光に長い間あたりすぎたんです。さっき利彦さんにも申しあげてたんで
「すけど……」

和子はくどくどと言いわけをした。

「利彦、なんか薬はないのか」

「今探して持っていきますよ」

和子は軽く頭を下げて、居間の廊下を左に折れた。その時、父が満足気にうなずいたのを僕は見た。その部屋は僕の寝室がある二階から遠く離れている。

「いい娘じゃないか」

父は僕に対する警戒をとき始めた。

「あの青くさいところがたまんないな。ああいう小生意気な女のよさがわかるなんて、お前も大したものだ」

探りをいれてきはじめた。

「さっきも言ったろ。何でもないって。彼女と彼女の友人の三人で来るはずだったん

だよ。二人でここにいたのは当然だよ」

「じゃ、まだやってないのか」

「冗談じゃないよ。父さん、僕の好みを知ってるだろ。僕はああいうとげとげしたのがダメなんだ」

「何言ってんだ。オレはちゃんと見てたぞ。オレがあの娘にものを言うたびに、お前はすごい形相になったじゃないか」

僕のその時の怒りは、父に対してではなく和子に対してだった。

「あの女……」

僕はその時決心していたと思う。

「絶対に許すものか」

マサミからもらった睡眠薬はもとの場所に確かにあった。どのくらいの量がいいのかもおぼえている。これとあるメーカーの筋肉痛をやわらげる薬とをうまく混ぜ合わせるのが石浜は得意だった。

僕が頭痛薬の瓶《びん》の中に入れたそれを握りしめて居間に降りてきた時、父は電話をしている最中だった。

「無理は承知で言ってるんじゃないか……おい、わかんないのか……そんなものは断れっていってるじゃないか」

どうやら赤坂の女に、こちらへ来るように言っているらしい。

「わかった。じゃ、もういい」

父の怒鳴り声を聞きながら、僕は後ろ手でドアを閉めた。自分の計略のために、さまざまな偶然が起ころうとしている。これが幸福でなくてなんであろうか。

和子の部屋をノックする。和子は白い木綿の部屋着に着替えていた。

「水も持ってきたよ。だいじょうぶ」

「ますますひどくなるみたいだわ」

顔をしかめながら、和子は瓶に入っていたすべての数の錠剤を飲み干した。

「本当に七粒も飲むの？」

「これ、ビタミン剤も兼ねているんだよ」

と言いながら、僕は水を飲む和子の喉《のど》に見とれた。

「いやね」

それに気づいて、和子は手をとめた。

「早く行ってちょうだい。お父さまがいらしたからって全面的に信用してるわけじゃないわ」

それで僕の心はきまった。

氷をとりにいくふりをして、その後、僕は二回ほど和子の部屋をノックしたが、すでに返事はなかった。

居間にもどると父はブランデーをグラスにじゃぶじゃぶついでいた。グラスを替えないからさっきまでのウィスキーと混ざってしまうのに気にもとめないようだ。かなり酔いがまわっているらしい。

「おい、あの娘はお前より齢上《としうえ》だな」

不意に父は言った。

「化粧をしてなくて若く見えるが、確かにお前より二つ、三つ上だ。女に関してオレが違っているはずはないだろ」

「あたりィ」

僕はできる限り明るい声を出した。

「そうかあ、齢上か。それでお前、歯がたたないんだなあ」

父は次第に機嫌をとりもどしつつあった。さっきの電話以来、あまり喋らなくなっていたのだ。

「あれはな、一見清純そうだけど、抱くとそうでもないぜ。ああいうのがいちばん大きな声をたてるんだ」

「なんなら試してみなよ」

僕は言った。

「バカ言えよ……」

父は笑いでごまかそうとしたが、目の縁が赤くなっている。

「あれ、さすが親父がにらんだとおり、ちょっとしたタマなんだぜ。今だってクスリでちょっとラリってるぜ。嘘《うそ》じゃないよ、行ってみな」

「本当か」

それまで揺らしていた父のグラスがとまった。

「本当に構わないぜ、僕の恋人じゃないし。それに今さら——」

僕は親父の気が楽になるよう卑し気に目をつぶってみせた。

「今さら気取るタチでもないだろ。そうでなくたって、親父、この頃若いのが好きじゃん。優子とのこと、ちゃんと知ってんだぜ」

僕は親父がひどく酔っぱらったふりをして、グラスをあおるのを見た。

地面に頬をおしあてるように、ベッドにうつぶしていた。遠く波の音が聞こえる。それは音というには少し遠すぎる。それに僕は聞こうとは思わない。

僕が二階にあがってから十五分後、僕は階下の東の方、つまり和子の部屋のドアを開く音を聞いた。

動悸《どうき》が激しくなる。耐えられないほど早くなる。

僕の頭の中には、これまで一度も見たことがないほど、はっきりした焼け跡の風景がうかびあがっていた。市場の中をおさげのモンペ姿の少女が逃げていく。それを復員服姿の男が追う。大柄でたっぷりした肉づきはたぶん闇屋《やみや》だろう。男は少女をとらえる。泣き叫ぶ少女。男はモンペをはぎとる。

その時、男はゆっくりこちらを振りむいた。男は父だった。そして少女はいつのまにか和子になっていた。和子は泣いている。歯を食いしばりながら必死に何か叫んでいる。そして二人からしばらく離れたところに、なすすべもなく立っている明彦がいる。

「死ね、みんな死ぬんだ」

僕はピロに顔をうずめたままつぶやいた。

明彦、和子、僕はああいうやつらを自分がどれほど憎んでいるかやっとわかったのだ。

明日、和子は死ぬに違いない。いや、死ななければいけないのだ。屈辱をうけた彼女は死ぬことになっている。和子自身がそう言ったのだ。

その時、波の音がたかまった。僕は和子の墓を浜べにつくろうと心にきめた。

次の日の明け方、僕はベンツの音を聞いた。窓のすき間から、赤いヘッドライトが遠ざかっていくのが見える。

その時、ドアが大きく開かれた。和子が立っている。下の部屋で死んでいるはずの和子がきちんと服を身につけたままそこにいた。

「夕べのしわざはあんたね」

彼女は言った。

「あんたの思うとおりになったわよ。ええ、あんたの考えている以上にうまくいったわよ」

彼女はうっすらと笑いをうかべた。それは僕が今まで見たことがない微笑だった。あざけりでも、皮肉でもないそれは、僕をたじろがせるのに十分だった。

「あんたが考えていることぐらい、とっくにわかってたわよ。あんたは私が大嫌いだった。それは私がもうあんたのものにならないからよ」

彼女は近づいてきて、僕は後ずさりした。

「ふふ……」

彼女はまた笑った。その白い歯を見せた笑いは、彼女を少し老けさせ、それでいて強靭《きょうじん》なきらきらしたものを僕につきつけた。

「あんた、これで私があきらめると思っているんでしょう。これであの人から去っていくと思ってるでしょう。冗談じゃないわ。やっとここまで来たのよ。あんたなんかに、私の気持ちがわかってたまるもんですか。私みたいな境遇の女が、医者と結婚するってどういうことかわかる？」

僕はじりじりと窓の方まで下がった。これは妄想《もうそう》の続きだと思った。あの焼け跡の女が、現実にやってきて僕に復讐《ふくしゅう》しに来たに違いない。

「これで私たちが駄目になると思ってるんでしょ。そんなことはさせないわ。明彦は私に夢中なのよ。私を手放すものですか。あんたの企みは失敗したのよ。あんたみたいな、アホな男の子に、そんなこと最初から無理だったのよ」

彼女はそこで立ち止まった。

「やれるものならやってみなさい」

　僕たちはしばらくにらみ合った。

「車をよんでちょうだい」

　彼女は言った。

「今すぐ帰るわ。こんな気持ち悪いとこ、誰《だれ》がいるもんか。早く、早くしてよ」

　彼女の車が家を出た時、朝陽はもうすでに姿をあらわしていた。彼女の乗った青いタクシーは陽のあたる海のひかりをもう一度うけとめて、まぶしいかたまりのようになった。

　次第に小さくなるそれを見つめながら、僕はまだ望みを捨てていない自分に気づいていた。

　明彦が残っている。

　青ざめた顔と、繊細な白い心を持つ男。もしかしたら、彼なら死んでくれるかもしれなかった。そうでなければ——僕は息をついだ。

　父を殺してくれるかもしれない。

　僕は他人をあれほどまで待ちのぞんだことはない。その日の午後、僕はさまざまな想像を楽しんだ。僕の頭の中で、父と明彦、和子は憎み合い、傷つき合い、たらたらと血を流し続けている。それらを思いうかべて、登場人物をあれこれ動かすことは、陶酔にも似た気持ちを僕にもたらしたものだ。

和子のことは不覚だった、と僕は考えた。彼女が僕にあたえた衝撃は確かに大きかったが、そのことはあまり深く考えまいと僕は思った。

その分、明彦が傷ついてくれればいいのだ。

可哀想《かわいそう》な明彦。彼が父を殴《なぐ》って出ていったあの夜よりも、さらにさらに怖ろしい行動をしてくれることを僕は祈った。

彼が乗ったゴルフが浜辺を走ってきたのは、その日の午後だった。それを僕は窓から斥候兵《せっこうへい》のように見つめていた。

「あれ、和子さんはどうしたの」

明彦の無邪気な顔を、どれほどの歓《よろこ》びをもって僕は見つめたことだろう。

「それが……」

僕は暗く眉《まゆ》をくもらせた。

「ちょっと話があるんだ。浜の方へいかないかい」

「暑いじゃないか。ここで話そうよ」

「いや、浜の方が落ち着けると思う」

それでも明彦が僕の言うことを聞いたのは、僕の表情にただならぬものを感じたせいだろうか。僕たちは短い影をつくりながら浜辺を歩いた。

「何だよ、早く言えよ。彼女とケンカでもしたのか」

「兄さん」

僕は舌なめずりしたいような気持ちで明彦を見つめた。

「夕べ、親父がきたんだよ」

「そうか」

明彦の表情はあきらかに曇った。

「僕はこんなことを言うべきじゃないと思う。でもやっぱり伝えるべきだと思う……」

明彦の喉が低く鳴ったのを僕は見てとった。もうじきだ。だがそろそろとやろう。

「親父ってひどいやつだよ。信じられないことをするよ。でも和子さんも悪いと思う。ああいうふうにコケティッシュにふるまうことはやっぱりしちゃいけないことだったんだよ」

「いったい何があったんだよ」

明彦の顔に流れる汗が、暑さのためのものでなければいいのだが。

「僕は見てしまったんだよ。親父は夕べ遅く和子さんの部屋に行って、そして乱暴したんだよ」

明彦の顔はおそろしい早さで銅色になった。それは僕がずっと考えていたとおりの速度だった。

「それは、それは本当なのか……」

ややあって彼はうめくように言った。

「それで和子はどうしたんだ。平気なのか、今どこにいるんだ」

「それがびっくりしたことにさ」

僕はとどめを刺そうと少し意気込んだ。

「しゃあしゃあしたもんだったぜ。明彦さんは許してくれるだろうみたいなことを言ってた……」

その次に明彦がつぶやいた言葉は、僕を全く裏切るものだった。

「そんならよかった」

彼は肩を落とした。

「よかっただって」

僕は一歩にじり寄った。

「どういうことなんだい。父親と自分の彼女がやっちゃったんだぜ。それでもよかったっていうのかい」

「そういうことじゃない」

彼は眼鏡をはずして汗を拭《ぬぐ》い始めた。そんなしぐさは絶対にこんな最中にしてはいけないことのはずだ。

「僕はこのことを忘れなきゃいけないと思う」

かぼそい声で明彦は言った。

「忘れるって……。あの女と結婚するっていうのかい。そんなこと本気で考えてるわけじゃないだろ」

僕の声が大きくなっていくのに反比例して、明彦の声は次第にかぼそくなり、聞きとりにくくなっていく。

「彼女は傷ついてると思う。親父だって今は後悔してるはずだ。僕はみんなのために忘れなきゃいけないと思う」

しまいに彼は汗をふいた。そのしぐさは街で見る中年の勤め人を僕に思い出させた。

「困った……」

明彦はつぶやいた。

なんということだろうか。明彦にあるものは怒りではないのだ。

「お前には話したことがないが……」

彼のハンカチはシミをいくつもつくり出している。

「そう、僕のことをいくらでも軽蔑《けいべつ》してもいい。実は……三年以内ぐらいに仲間と独立するつもりだったんだ。僕の分の資金は親父が出してくれることになっている。それが決まってたんだ……」

明彦は眼鏡を元の位置にかけた。すると彼の顔は今まで見たこともないほど分別くさい、ふつうの男の顔になった。

「何て言われたっていい……。だけど頼む。夕べのことは忘れてくれ。僕がこれから苦しんでいけばすむことなんだ。今は親父とゴタゴタを起こしたくないんだ。頼む。お前にはわからないだろうが、大人にはいろんなことがあるんだ」

砂の上だったから、明彦の遠ざかる足音は、聞こえなかった。

僕はひとり光の中に残った。たくさんの裏切りが僕を打ちのめしていた。僕が信じていたものはこの世にありはしなかったという事実。それに僕はどう向かい合っていいのかわからなかった。

僕は砂を軽く蹴《け》った。確かこのへんに和子がつくった葡萄の墓があったはずなのだが、それがどこにあるのか今は思い出せない。

僕は目をこらした。夕陽を迎えようとしているだいだい色の海は、絶望をもたらすにはあまりにも明るすぎた。

そして絶望を感じる人間など、この世にひとりもいないのだという事実が、いつまでも僕をうなだれさせていた。

解説

田辺《たなべ》聖子《せいこ》

私の座右の書の一つに、林真理子さんの「ルンルンを買っておうちに帰ろう」がある。

周知のようにこれは昭和五十七年十一月に出て（主婦の友社刊）爆発的なベストセラーとなり、ずいぶん版を重ねて、林さんを一躍有名にした本である。

林さんはコピーライターであられたようだが——ようだが、というのは、私はその方面にくわしくないので、林さんがどんなに有能でキャリアのあるコピーライターなのか、よく存じ上げないのだ——この「ルンルンを買っておうちに帰ろう」を読むと、まことに由緒正しき、というような小説家の背骨を持っていられるのがわかる。

コピーライターの才気とは別に、物書きの眼、物書きの稟質《ひんしつ》が躍動しているのが見てとれる。いささかの器用さでエッセーをものしたというものではない。元来が、林さんには骨太な、「作家の骨格」があるのだ。

自分をみつめる眼。自分を嗤《わら》い、自分を量《はか》り、人間の車間距離を目測し、人間の卑しさと優しさを見据える眼。優越感と劣等感の間を揺れ動く青春を見きわめる眼。

青春を見きわめるというのは、すぎゆく時間、歳月を見据えることである。人は、人間と歳月のかかわりを見たとき、あるものをつかむ。

林さんは天成の資質でその「あるもの」をつかんだ人であって、しかもそれが発揚するところ、軽やかで鋭い。決してぶざまに重くない。

ほんとうに、現代が生んだ感覚の旗手という気がする。「ルンルンを買っておうちに帰ろう」では、どれだけ笑わされ、楽しませられたか、わからない。いや、今も机のすぐ右手の本棚に置いて、心萎《な》えたときはちょいと取り出し、どのページでもいい、読んでいるとげらげら笑い出して憂さは晴れてしまう。ただ困るのは読み出すとやめられないところで、ついついまた読み返してしまう、ということになる。今までの女のひとの書くものになかった、底ぬけの向日性、コンプレックスを香辛料にしたおいしい味つけがあり、まさに新しい才能の開花を思わせる。都会文化と田舎文化、美女対醜女、男、女、金、成功、欲望……それらをちりばめ縫いつけて、林さんは天馬空を駈ける感じで一気に軽やかな衣を縫い上げた。

その才能が小説仕立てになったとき、どんな出来栄えになるか、まさに世間は、フランソワーズ・サガン風にいえば「機関銃を持って待ち構えた」のであった。エッセーで成功した人が、小説でも成功するというのはむつかしい。

しかし林さんは小説デビュー作「星影のステラ」で美事にその才能を立証した。ここでは「ルンルン……」の饒舌《じょうぜつ》のかわりに、乾いて明晰で透明な文体が採用されている。声のトーンは低く、しかし隅々までよく透る、そんな文章の雰囲気である。

林さんは一作ずつに、かなり文体に凝る人であって、どんなに何気なさそうにみえていても、緻密な配慮がそこに働いている。小説宇宙は、林さんがハッと息を吹きかけると、たちまちその色に染まるのである。

ここではその才気は注意ぶかくひそめられ、一見、おずおずと書かれているが、抑えかねる鋭い感性が、ちらちらとのぞく、というていである。

林さんが山梨県出身ということは、都会を描写する一つの足がかりを与えたようである。都会文化への讃仰や憧憬を、じつにうまく手玉に取って、都会生活者の虚偽とニセモノ性を暴いていく。

この小説のステラも、たいそうリアリティがあって、その描写のうまさは、林さんを、

——ただものではない——

と思わせるところがある。ステラが主人公のフミコの目から見て次第に変貌を遂げ(それは化けの皮がはがれるというより、フミコ自身がオトナになった結果、というようなもの)てゆくあたりの、おかしさというのも、上質のユーモアである。「だいだい色の海」はこれは構成も手がこんできて、林さんが天成の物語作家であることを思わせる。文章はいよいよ磨かれ、シンプルになり、硬質のかがやきを帯びる。

この小説は、林さんの、

「悲しみよこんにちは」

だといったら、ご不興を買うだろうか。青春にして人生の蹉跌《さてつ》を知った人間の、絶望と倦怠の物語。

青春の驕慢とういういしい混迷をあわせもちつつ、主人公の「僕」はひと夏、圧縮された人生を知る。私は林さんをある意味で、日本のフランソワーズ・サガンだと思ったりするのだが、この「だいだい色の海」で、林さんの文学的座標軸が定まったような気がする。

物語作家というのは日本では育ちにくいのだが、林さんはその点でも稀有の才能といえるのではないだろうか。エッセーという、論理的な操作を必要とする分野も消化《こな》しながら、片方で、ロマンを歌える人は珍らしく、その点でも、期待できる作家といえよう。

林さんは結婚願望を逆手にとって、セールスポイントにしていられるところが、人気の要素の一つでもあるが、その足さばきは軽く、すべてを笑いのめす強靭な精神こそ、林さんの真骨頂である。結婚されたら、また、されたで、千変万化の変化球が飛んでくるような気がする。

すべてをふくめ、従来の女流の枠からはみ出た、大型の奇人変人女流といっていいであろう。

ただ、林さんファンの読者に報告したいが、実物の林さんは、礼儀正しく、可愛らしく、実に愉快な、明るい女性である。

おいしそうにゴハンを食べ、しっかり飲み、ぐっすり眠り、朝はパッチリした顔で、

「お早うございまーす！」

という健康優良児である。そうして食器を洗うのを手伝ってくれたが、力のあるビンビンした声で、くり返しくり返し、

〽小鳥はとっても　歌が好き！

母さん呼ぶのも　歌で呼ぶ！

と台所でうたい、しかもこわれたレコードのようにいつまでもそこを歌う、で、私

もホカの人も、一週間ぐらい、その歌の、そこんとこが耳について離れなかったことも、つけ加えてご報告しよう。書かれるものも面白いけれど、実物も、どこがどうということなく、おかしい人である。

それでいて、チャンとした、礼儀正しい人なのである。

また、それでいて、目鼻立がなんとも愛くるしく、体格はりっぱな女性ではあるのに向き合う人をして

(面倒を見てあげなくちゃ、いけない。この人は、目が離せなくて、たよりない……何するか、わかりゃしない。自分が面倒見てあげなきゃ、いけないんじゃないか……)

という気にもならせる人なのである。

そういう、無垢な部分が、「混迷の青春」を描き切らせるところでもあろう。無垢のまま、文学的成熟度を深める林さんの巨《おお》きな面白さを、私たちは期待をもって見守りたいと思う。

本書は、一九八六年一月に小社より刊行した文庫を改版したものです。

星影《ほしかげ》のステラ

林《はやし》 真《ま》理《り》子《こ》

昭和61年 1月25日　初版発行
令和6年 1月25日　改版初版発行

発行者●山下直久

発行●株式会社KADOKAWA
〒102-8177　東京都千代田区富士見2-13-3
電話　0570-002-301（ナビダイヤル）

角川文庫 23985

印刷所●株式会社暁印刷
製本所●本間製本株式会社

表紙画●和田三造

ISBN 978-4-04-114087-1　C0193

JASRAC 出 2309636-301

◇◇◇

角川文庫発刊に際して

角　川　源　義

第二次世界大戦の敗北は、軍事力の敗北であった以上に、私たちの若い文化力の敗退であった。私たちの文化が戦争に対して如何に無力であり、単なるあだ花に過ぎなかったかを、私たちは身を以て体験し痛感した。西洋近代文化の摂取にとって、明治以後八十年の歳月は決して短かすぎたとは言えない。にもかかわらず、近代文化の伝統を確立し、自由な批判と柔軟な良識に富む文化層として自らを形成することに私たちは失敗して来た。そしてこれは、各層への文化の普及滲透を任務とする出版人の責任でもあった。

一九四五年以来、私たちは再び振出しに戻り、第一歩から踏み出すことを余儀なくされた。これは大きな不幸ではあるが、反面、これまでの混沌・未熟・歪曲の中にあった我が国の文化に秩序と確たる基礎を齎らすためには絶好の機会でもある。角川書店は、このような祖国の文化的危機にあたり、微力をも顧みず再建の礎石たるべき抱負と決意とをもって出発したが、ここに創立以来の念願を果すべく角川文庫を発刊する。これまで刊行されたあらゆる全集叢書文庫類の長所と短所とを検討し、古今東西の不朽の典籍を、良心的編集のもとに、廉価に、そして書架にふさわしい美本として、多くのひとびとに提供しようとする。しかし私たちは徒らに百科全書的な知識のジレッタントを作ることを目的とせず、あくまで祖国の文化に秩序と再建への道を示し、この文庫を角川書店の栄ある事業として、今後永久に継続発展せしめ、学芸と教養との殿堂として大成せんことを期したい。多くの読書子の愛情ある忠言と支持とによって、この希望と抱負とを完遂せしめられんことを願う。

一九四九年五月三日

角川文庫ベストセラー

ファミリー・レス　奥田亜希子

「家族か、他人か、互いに好きなほうを選ぼうか」ふた月に1度だけ会う父娘、妻の家族に興味を持てない夫。家族と呼ぶには遠すぎて、他人と呼ぶには近すぎる――現代的な〝家族〟を切り取る珠玉の短編集。

愛がなんだ　角田光代

OLのテルコはマモちゃんにベタ惚れだ。彼から電話があれば仕事中に長電話、デートとなれば即退社。全てがマモちゃん最優先で会社もクビ寸前。濃密な筆致で綴られる、全力疾走片思い小説。

いつも旅のなか　角田光代

ロシアの国境で居丈高な巨人職員に怒鳴られながら激しい尿意に耐え、キューバでは命そのもののように人々にしみこんだ音楽とリズムに驚く。五感と思考をフル活動させ、世界中を歩き回る旅の記録。

恋をしよう。夢をみよう。旅にでよう。　角田光代

「褒め男」にくらっときたことありますか？　褒め方に下心がなく、しかし自分は特別だと錯覚させる。ついに遭遇した褒め男の言葉に私は……ゆるゆると語り合っているうちに元気になれる、傑作エッセイ集。

薄闇シルエット　角田光代

「結婚してやる」と恋人に得意げに言われ、ハナは反発する。結婚を「幸せ」と信じにくいが、自分なりの何かも見つからず、もう37歳。そんな自分に苛立ち、戸惑うが……ひたむきに生きる女性の心情を描く。

角川文庫ベストセラー

角川文庫ベストセラー

東京アクアリウム　小池真理子

夜景が美しいカフェで友達が語る不思議な再会に震撼する表題作、施設に入居する母が実家で過ごす最後の温かい夜を描く「猫別れ」など8篇。人の出会いと別れ、そして交錯する思いを描く、珠玉の短編集。

誰もいない夜に咲く　桜木紫乃

寄せては返す波のような欲望に身を任せ、どうしようもない淋しさを封じ込めようとする男と女。安らぎを切望しながら寄るべなくさまよう孤独な魂のありようを、北海道の風景に託して叙情豊かに謳いあげる。

ワン・モア　桜木紫乃

月明かりの晩、よるべなさだけを持ち寄って躰を重ねる男と女は、まるで夜の海に漂うくらげ――。どうしようもない淋しさにひりつく心。切実に生きようともがく人々に温かな眼差しを投げかける、再生の物語。

砂上　桜木紫乃

守るものなんて、初めからなかった――。人生のどん詰まりにぶちあたった女は、すべてを捨てて書くことを選んだ。母が墓場へと持っていったあの秘密さえも……。直木賞作家の新たな到達点！

あかん男　田辺聖子

奥ゆかしくやさしいニッポンの女を求めてさすらう、禿げの独身男の淡い希望と嘆きを描いた表題作ほか6篇。人生の悲喜劇を巧みなユーモアに包み、ほろりとさせる、かと思えばクスクス笑いを誘う作品集。

角川文庫ベストセラー

トラペジウム　高山一実

高校1年生の東ゆうは「絶対にアイドルになる」ため、己に4箇条を課して高校生活を送るが――。現役トップアイドルが、アイドルを目指すある女の子の10年間を描いた感動の青春小説！

からまる　千早茜

生きる目的を見出せない公務員の男、不慮の妊娠に悩む女子短大生、そして、クラスで問題を起こした少年……。注目の島清恋愛文学賞作家が〝いま〟を生きる7人の男女を美しく艶やかに描いた、7つの連作集。

眠りの庭　千早茜

白い肌、長い髪、そして細い身体。彼女に関わる男たちは、みないつのまにか魅了されていく。そしてやがて明らかになる彼女に隠された真実。2つの物語がひとつにつながったとき、衝撃の真実が浮かび上がる。

夜に啼く鳥は　千早茜

少女のような外見で150年以上生き続ける、不老不死の一族の末裔・御先。現代の都会に紛れ込んだ御先は、縁のあるものたちに寄り添いながら、かつて愛した人の影を追い続けていた。

ミュージック・ブレス・ユー!!　津村記久子

「音楽について考えることは将来について考えることよりずっと大事」な高校3年生のアザミ。進路は何一つ決まらない「ぐだぐだ」の日常を支えるのはパンクロックだった！　野間文芸新人賞受賞の話題作！

角川文庫ベストセラー

パイナップルの彼方　山本文緒

堅い会社勤めでひとり暮らし、居心地のいい生活を送っていた深文。凪いだ空気が、一人の新人女性の登場でゆっくりと波を立て始めた。深文の思いはハワイに暮らす月子のもとへと飛ぶが。心に染み通る長編小説。

ブルーもしくはブルー　山本文緒

偶然、自分とそっくりな「分身（ドッペルゲンガー）」に出会った蒼子。2人は期間限定でお互いの生活を入れ替わってみるが、事態は思わぬ展開に……！　読みだしたら止まらない、中毒性あり山本ワールド！

紙婚式　山本文緒

一緒に暮らして十年、こぎれいなマンションに住み、互いの生活に干渉せず、家計も別々。傍目には羨ましがられる夫婦関係は、夫の何気ない一言で砕けた。結婚のなかで手探りしあう男女の機微を描いた短篇集。

恋愛中毒　山本文緒

世界の一部にすぎないはずの恋が私のすべてをしばりつけるのはどうしてなんだろう。もう他人を愛さないと決めた水無月の心に、小説家創路は強引に踏み込んで――吉川英治文学新人賞受賞、恋愛小説の最高傑作。

ファースト・プライオリティー　山本文緒

31歳、31通りの人生。変わりばえのない日々の中で、自分にとって一番大事なものを意識する一瞬。恋だけでも家庭だけでも、仕事だけでもない、はじめて気付くゆずれないことの大きさ。珠玉の掌編小説集。